EL PASADO PUEDE RESURGIR

–No es justo –se lamentaba Jessica mientras las lágrimas resbalaban por sus mejillas.

Enid iba a ir al baile de otoño con Ronnie y estaba segura de que la elegirían reina. Ronnie estaba tan ciego de amor por ella que conseguiría un millón de votos a su favor.

Jessica suspiró. Tenía que ganar. Si consiguiera ser elegida reina, Bruce Patman se fijaría por fin en ella. Jamás había deseado algo con tanta intensidad en su vida. Haría cualquier cosa por conseguirlo.

Por el rabillo de uno de sus ojos húmedos, Jéssica vió un papel que asomaba por debajo de la cama. Parecía una carta.

«Querida Enid», leyó con repentino interés. Una sonrisa apareció en su rostro mientras un plan tomaba forma en su mente.

SECRETOS DEL PASADO

LAS GEMELAS DE SWEET VALLEY
ESCUELA SUPERIOR

SECRETOS DEL PASADO

Escrita por Kate William

Personajes creados por
FRANCINE PASCAL

Traducción de
Maruja del Pozo

EDITORIAL MOLINO
Barcelona

Título original: SECRETS
Copyright © 1983 Francine Pascal
Copyright © 1983 Cloverdale Press, Inc. de la cubierta

Concebida por Francine Pascal
Cubierta de James Mathewuse
Diseño de Ramón Escolano

Sweet Valley es una marca registrada por Francine Pascal

Distribución exclusiva en España

© EDITORIAL MOLINO 1992
de la versión en lengua española
Calabria, 166 08015 Barcelona

Depósito legal: B-38464/92
ISBN: 84-272-3872-X

Impreso en España	Febrero 1993	Printed in Spain

INDUGRAF, S.C.C.L. Badajoz, 145 – 08018 Barcelona

I

—¡Mi propia hermana! ¿Cómo puede hacerme una cosa así? —se lamentaba Jessica Wakefield.

Se puso el vestido que había elegido para su cita con Tom McKay. Cara Walker, su mejor amiga, le subió la cremallera, luego dio un paso atrás y suspiró. Jessica estaba, como de costumbre, demasiado fascinadora como para expresarlo con palabras. Sus cabellos rubios como el sol rozaban unos bronceados hombros que dejaba al descubierto el vestido playero de seda estampada hawaiana que tan bien sentaba a sus ojos de color azul aguamarina. Una sonrisa hechicera en su rostro ovalado solía completar esta imagen perfecta. Lo malo es que ahora no sonreía.

—Mírame —protestaba Jessica—. ¡Soy un completo desastre! Ni siquiera he podido arreglarme el pelo desde esta tarde. —Ladeó la cabeza con disgusto, aunque cada mecha dorada estaba en su sitio—. ¿Te imaginas...? ¡Me arrojaron al agua con la ropa puesta! ¡Qué humillación!

Se estremeció al recordarlo. Le habían gastado una broma... y la culpable había sido su propia hermana gemela, Elisabet, quien siempre la apoyaba y defendía más allá de sus deberes como hermana. ¡Aquello fue demasiado gordo para creerlo! Jessica había sido arrojada a la piscina de la Escuela Superior de Sweet Valley completamente vestida; el castigo que cada año los estudiantes aplicaban al autor de la columna de chismorreos «Ojos y Oídos» del periódico del colegio. Sin embargo, la columnista era Elisabet, pero se las ingenió para que la confundieran con su hermana, un truco que sin duda había aprendido de la propia Jessica.

Cara se rió.

–No lo sé. A mí me pareció que estabas muy mona. Aunque te merecías parecer una rata ahogada. Sabes, la verdad es que te lo merecías, después de lo que le hiciste a Lisa.

Jessica la hizo callar con una mirada aplastante.

–Tienes suerte de que estemos en tu casa y no en la mía. ¡Juro que te arrepentirías! –aunque en su interior sabía que lo tenía merecido.

–Oh, vamos, Jess, tú sabes que en realidad estabas muy *sexy*. Como Bo Derek en la escena de la playa de la *La mujer 10*.

Una sonrisa curvó las comisuras de la boca de Jessica y, por más que se esforzaba por poner cara sería, no lo conseguía. Al fin se desplomó sobre la cama de Cara riendo a carcajadas.

—¿Lo estaba, verdad? Incluso así, *fue humillante* que me sacasen chorreando agua. —Le vino a la memoria un pensamiento y se tapó la boca con la mano; al instante se puso seria—. Oh, Cara, espero que Bruce no me viera. ¡Me moriría!

Estaba enamorada de Bruce Patman desde su primer año en la Escuela Superior. Era el chico más solicitado del colegio. Además de ser tan guapo como un astro de cine, era fabulosamente rico y conducía un fantástico Porsche negro.

—Tú limítate a pensar como te sentirás cuando seas la reina del baile de otoño —declaró Cara, que se situó delante del espejo para peinar sus cabellos negros y brillantes—. Bruce quedará tan cegado por tu hermosura que no recordará nada más.

Jessica se preguntó si Cara sabría lo mucho que deseaba esa corona. El baile sería dentro de quince días, y lo esperaba con impaciencia. Bruce había sido propuesto para rey y era muy probable que ganase. Ninguno de los otros candidatos le llegaba a la suela del zapato. Si ella también ganara, reinaría al lado de Bruce en todas las actividades del colegio que se celebrasen durante el semestre. Y significaría que al fin Bruce tendría que fijarse en ella... y naturalmente, enamorarse también.

Ganar aquella corona lo era todo para ella. Y cuando Jessica Wakefield se proponía conseguir algo, no permitía que nada ni nadie se interpusiera en su camino. Por lo general, no le costaba conseguir lo que quería. Con su belleza seductora y sus modales desenvueltos, pocas personas se daban cuenta de que habían caído en sus redes hasta que era demasiado tarde.

Elisabet Wakefield contempló los pedazos esparcidos de los restos de la jarrita dosificadora que su mejor amiga, Enid Rollins, acababa de dejar caer.

–¡Oh, Lisa, cuanto lo siento! –exclamó Enid con los ojos llenos de lágrimas–. No sé lo que ha ocurrido. ¡Se... se me ha escurrido de las manos!

Elisabet abrazó a su mejor amiga, olvidándose de que ambas estaban cubiertas de chocolate para hacer galletas. Enid Rollins iba a pasar la noche en casa de los Wakefield. Elisabet había iniciado el Proyecto Galletas de Chocolate con la esperanza de distraer a Enid de lo que la tenía tan inquieta toda la tarde. En realidad, Elisabet había observado un cierto nerviosismo en el comportamiento de Enid desde que comenzó a salir con Ronnie Edwards, dos meses atrás, pero no quiso entrometerse. Se figuraba que Enid le explicaría lo que la preocupaba cuando estuviera preparada. Ella no creía que el ser amigas íntimas la facultase para entrometerse en los asuntos privados de su amiga. Pero Enid había llorado tanto al llegar, que apenas ponía hablar y, desde aquel momento, las cosas fueron cuesta abajo. Esto ya duraba demasiado.

–Olvídate de esa estúpida jarra –dijo Elisabet–. ¿Qué te pasa, Enid? No tienes que decírmelo si no quieres, pero recuerda que soy tu mejor amiga y que estoy aquí para ayudarte si lo necesitas.

Enid se cubrió el rostro con las manos y Elisabet observó que estaba temblando.

–Oh, Lisa, tengo tanto miedo.

–¿De *qué*?

–De perder a Ronnie. Si le cuento la verdad sobre mí, me odiará. ¡Me *despreciará*!

–¿Cómo es posible que te odie? ¡Si eres una chica fantástica!

Enid meneó la cabeza.

–Tú no lo sabes, Lisa. Incluso me ha dado miedo contártelo a ti. Tampoco quiero que tú me odies.

–Yo nunca podría odiarte, Enid.

–Quizá no, pero sé que Ronnie sí, si lo descubriera.

–Está bien, ¿cuál es el terrible secreto? –Elisabet sonrió para animar a Enid–. Ya sé: en realidad eres una ratera, ¿acierto? Estudiante con notas excelentes durante el día y ladrona de joyas por la noche.

–Vamos, Lisa, no tiene gracia. –Enid no quería que la consolase. Una lágrima resbaló por su mejilla manchada de chocolate.

–Perdona –repuso Elisabet–. Lo siento, lo siento mucho. Pero no puedo creer que hayas hecho algo terrible.

Enid aspiró el aire con fuerza y luego exclamó:

–Estoy fichada por la policía.

–¿Tú? –A pesar suyo, Elisabet, no pudo evitar sorprenderse.

–Sí, yo. Oh, ya sé lo que estás pensando. La Enid recta-como-una-flecha. Pero no siempre he sido tan recta.

Enid le contó a su mejor amiga la historia que la había atormentado tanto tiempo. Dos años antes, cuando sus padres tramitaban el divorcio, se volvió un poco loca. Estaba furiosa, dolida, disgustada. Tuvo malas compañías e hizo amistad con un chico llamado George Warren. Pasaron de la bebida a las drogas... probando todo lo que encontraban a su paso.

Aquella situación llegó a un clima de pesadilla la tarde que Enid y George, montados en el Ferrari GTO de George y bajo los efectos de la droga, atropellaron a un niño que jugaba cerca de la calzada. En aquel momento el mundo dejó de girar para Enid. Se apeó del coche como si se moviese a cámara lenta. Se le doblaban las rodillas como si las tuviera de goma. Quedó grabado en su memoria para siempre la imagen de aquella figura diminuta tendida sobre el asfalto y el grito de horror de la madre que salió corriendo de la casa. Enid se quedó allí como paralizada. Una voz que no parecía salir de ella repetía una y otra vez: «Lo siento, lo siento».

Afortunadamente, el niño no sufrió daños graves. Tenía un brazo roto y contusiones. Enid y George fueron detenidos, pero los soltaron bajo libertad vigilada durante seis meses para que asistieran a unos cursos contra la droga en el Patronato Juvenil. Enid salió de aquella experiencia como una persona distinta. Le sorprendió verse en aquella carrera de autodestrucción en la que estuvo metida y se propuso pisar un terreno más firme. Ahora llevaba una vida ejemplar con buenas notas. Hacía dos años que no veía a George, puesto que sus padres lo habían mandado interno a un colegio privado y muy severo.

Durante todo el tiempo que duró su relato, Enid permaneció mirando a la encimera de la cocina, incapaz de encontrarse con los ojos de Elisabet. Al levantar la vista, vio dos ojos azul aguamarina que brillaban de simpatía. Enid siempre había pensado que Elisabet era bonita, aunque de un modo más discreto que su idéntica hermana gemela Jessica, pero aquel brillo de sus ojos superaba incluso su atractivo y belleza, sus dientes perfectos y blanquísimos y sus cabellos dorados.

Elisabet era una persona que *se preocupaba* de los demás. Era la primera a quien Enid había podido confiar su terrible secreto. En su interior, debía haber sabido que Elisabet no iba a culparla.

–Me alegra que me lo hayas contado –dijo Elisabet–. Pero esto no cambia nada. Sigues siendo mi mejor amiga, y *sigo creyendo* que eres una chica fantástica. Incluso más fantástica ahora que sé lo que has pasado.

Enid lloraba abiertamente y las lágrimas empapaban su rostro. En parte, porque se sentía aliviada al haber podido desahogar su pena, pero principalmente porque aún la atormentaba el miedo de lo que ocurriría si se enteraba la única persona que ella *no quería* que lo supiera.

Consiguió esbozar una sonrisa.

–Si se lo contara a Ronnie, apuesto a que él

no pensaría que soy tan fantástica, habiéndole mentido todo este tiempo como le he mentido.

–No le has mentido exactamente –le indicó Elisabet.

–Ni tampoco le he dicho exactamente la verdad.

–Vamos, Enid, no es el secreto más espantoso del mundo, por muy malo que debiera parecerte entonces. Además, eso fue hace dos años. Ahora ya es prehistoria.

–Eso es fácil de decir. Tú no guardas ningún esqueleto en tu armario.

–Si lo hiciera, Jessica ya me lo hubiera cogido prestado. –Elisabet no pudo reprimir una sonrisa al pensar en la *encantadora* costumbre que tenía su hermana de registrar su armario siempre que se quedaba sin nada que ponerse.

–No te parecería tan divertido si corrieras el peligro de perder a Todd –insistió Enid.

–Sé que, si yo estuviera en tu caso, se lo contaría a Todd. Si Ronnie te quiere de verdad, lo entenderá.

–¡Oh, Lisa, tú no lo conoces!

Con un suspiro, Enid se sentó en la silla de la cocina junto a la ventana que daba al patio. Contemplaba pensativa la superficie cristalina de la piscina iluminada, un zafiro rutilante contra la oscuridad del fondo. «El azul exacto de los ojos de Ronnie», pensó Enid.

–Ronnie no es como Todd –explicó Enid–. Él espera que le dedique toda mi atención. Si supiera lo de George... –se detuvo para morderse el labio.

–¿Qué hay de George? Tú dijiste que hace dos años que no lo has visto.

–Es cierto que *no lo he visto*. Pero –exhaló un profundo suspiro– nos escribimos. No es lo que tú crees. Quiero decir que no hay nada entre nosotros, solo somos amigos. Empecé a escribirle porque estaba muy confundido y triste. Quería decirle que no debía seguir así eternamente.

–Yo creo que es bonito que ayudaras a George –dijo Elisabet–. No hay razón para que Ronnie sienta celos de unas simples cartas amistosas.

Enid lanzó un gemido.

–Hablas de alguien que se pone verde si por casualidad miro a otro chico de reojo. La semana pasada me sorprendió haciendo los deberes con un chico en mi clase de historia. ¡Pensé que iba a armar un escándalo!

Elisabet sintió una ligera alarma en su interior.

–Pero si se lo cuentas, como me lo has contado a mí...

–Tampoco lo entendería. –Enid se inclinó sobre la mesa, escondiendo el rostro entre los brazos–. ¡Sé que voy a perderlo!

Elisabet puso su mano en el hombro de Enid para consolarla.

–Míralo de este modo. Nadie sabe lo de esas cartas excepto tú y yo, ¿No es cierto?

–Cierto.

–¿Por qué de pronto tienes miedo de que Ronnie lo descubra?

–Es por George –replicó Enid–. En su última carta me dice que va a volver a Sweet Valley para pasar un par de semanas. Ha venido otras veces, pero esta vez quiere verme.

Arriba, en la habitación de Elisabet, Enid sacó un paquete de cartas de su saco de dormir.

–Las traje por si tenía el valor de contártelo –dijo avergonzada mientras se las entregaba a Elisabet.

Elisabet leyó la primera del montón... la más reciente.

Querida Enid:

Como ya sabes he estado muy ocupado con los exámenes. Aquí nos exigen mucho, cosa que al principio no me gustaba, pero de lo que ahora me alegro. Supongo que he sido un holgazán toda mi vida, de manera que ahora tengo mucho que recuperar. Estudiar no es precisamente la idea que tengo de pasarlo bien, pero la verdad es que me va interesando. Me siento mejor en general, como ya sabes por mis otras cartas. Antes estaba siempre furioso, reprochando a mis padres y a todo el mundo mi vida equivocada, pero creo que, con quien estaba realmente enfadado, era conmigo mismo. No quiero parecerte raro ni nada de eso, pero tú me ayudaste a verlo más que nadie, Enid. Nunca sabrás lo mucho que tus cartas significan para mí. No me importa admitir que, al principio, aquí me sentía deprimido. Esto no es precisamente Disneylandia. Pero no seguiré aquí mucho tiempo más... sólo hasta el final del semestre, cuando consiga suficientes puntos para graduarme... y el futuro se presenta bastante bueno. Me alegra oír que las cosas también te van bien a ti. Tú última carta era definitivamente superior (lo único bueno de estos días). Esta vez quiero verte cuando vuelva a casa, pero si tú no lo deseas, lo entenderé.

*Te quiere
George*

P.D. Gracias otra vez por los dulces que me enviaste para mi cumpleaños. Desaparecieron en dos segundos, pero fueron buenos mientras duraron.

P.P.D. Saluda a mi amigo Winston de mi parte.

–No sé qué hacer –dijo Enid cuando Elisabet dejó la carta–. No quiero dejar de ser amiga de George, pero *no puedo verlo*. Ronnie lo interpretaría mal.

–Yo diría que a Ronnie le gustará saber lo leal que eres con las personas que te importan.

Enid negó con la cabeza con testaruda insistencia.

–Sería el fin. Se pondría furioso. Lo perdería. –Se agarró al brazo de Elisabet–. Lisa, tienes que prometerme que no le dirás a nadie lo de las cartas. ¡Jurámelo!

–Te lo juro y si no que me muera.

Con solemnidad Elisabet puso la palma de su mano encima del libro más grueso que tenía cerca, y que resultó ser un diccionario. Como escritora, no se separaba de él. Claro que no se consideraba un Ernest Hemingway. Por lo menos, de momento. Ahora, casi todo lo que escribía era para *El Oráculo* de la Escuela Superior de Sweet Valley, ya que ella era la autora de la columna «Ojos y Oídos».

Elisabet comprendía el miedo de Enid porque esto se supiera. Sweet Valley era una población pequeña a pesar de la rapidez con que se incrementaba la industria del chip de silicio. Y en las ciudades pequeñas, como decía su padre, los rumores tienen tendencia a multiplicarse como los ratones en un trigal.

En muchos sentidos, la Escuela Superior de Sweet Valley era la ratonera mayor; la cafetería, los cuartos donde estaban los armarios y el césped delante de la entrada eran los centros favoritos de comunicación sobre todos los temas, desde el color del cabello de alguien, hasta escándalos complicados con las drogas y sobre quién salía con quien. La mayoría de los chismes eran inofensivos, pero de vez en cuando un rumor malicioso se extendía como un reguero de pólvora quemando a gente inocente. La propia Elisabet había sido víctima de uno de estos rumores, cuando su eterna gemela de dos caras casi fue detenida y había dejado creer a la policía que era Elisabet. Los crueles comentarios habían afectado mucho a Elisabet, por lo que podía apreciar el dilema de Enid.

—Te prometo que, si alguna vez cuento lo de las cartas, tú puedes, ah... —Elisabet sonrió al llegarle la inspiración—. ¡Puedes enterrarme viva en pasta de galletas de chocolate!

Enid gimió mientras abrazaba su estómago. Las dos niñas habían comido tantas galletas que por lo menos iban a ganar medio kilo cada una. Pero la broma produjo el efecto deseado, hacer sonreír a Enid.

—¡Ug! —exclamó Enid—. Creo que te tomaré la palabra. Confío en ti, Lisa, de veras. Tú eres mi mejor amiga.

—Eso espero —rió Elisabet, fingiendo ahogar a Enid con su almohada—. ¿Quién sino iba a invitarte a pasar la noche con los ronquidos que sueltas?

—¡Yo no ronco! —protestó Enid que saltó de la cama riendo a carcajadas para sofocar a Elisabet con su propia almohada.

—¡Como un siete cuatro siete al despegar! —fue la respuesta ahogada de Elisabet.

Con todo aquel alboroto, ninguna de las dos se dio cuenta de que una de las cartas de George caía en la alfombra.

—¡Me rindo... me rindo! —jadeó Elisabet.

—Vamos, metámonos en la cama. Podemos contar historias de fantasmas. Sé una muy buena de dos niñas jovencitas que se quedaron solas en una casa grande y siniestra...

—¡Elisabet Wakefield! —exclamó Enid—. Si me cuentas una de tus historias de fantasmas, no pegaré ojo. La última vez no pude dormir en una semana.

Elisabet captó el desafío... y actuó en consecuencia. Apagó la luz de la mesilla y la habitación quedó sumida en completa oscuridad.

—Era una noche oscura y borrascosa... —comenzó con su voz más siniestra.

Enid se dejó caer de espaldas con un suspiro de derrota, contenta en su interior de apartar de su mente el verdadero miedo que la presionaba. La idea de perder a Ronnie era la peor pesadilla que podía imaginar.

II

Jessica miraba incesamentemente por la ventana el verde césped de los parterres de la Escuela Superior de Sweet Valley, mientras la señorita Nora Dalton hablaba y hablaba de algo referente a la conjugación de los verbos en francés.

«Aburrirme, aburrido, aburriéndome», conjugó Jessica mentalmente. Hacía un día precioso y hubiera deseado estar en la playa y tomar el sol, llevando puesto el bañador que había comprado la semana anterior en la tienda Mamá Foxy.

Por el rabillo del ojo vio a Winston Egbert que, sentado al otro lado del pasillo, la miraba con ojos de carnero degollado. ¡Ex! ¿Por qué tenía que mirarla así? A pesar de todo, adoptó una pose más atractiva.

–Estamos preparados para escucharte, Jessica.

Jessica se volvió para encontrarse ante la mirada escrutadora de la señorita Dalton, una mujer alta y esbelta de veintitantos años, cuyos ojos color avellana la observaban con irónico regocijo.

–Perdón –dijo Jessica–. No entendí la pregunta.

–Me pregunto si vas a contarnos tu secreto –dijo la señorita Dalton sonriente. No sonreía a menudo, pero, cuando lo hacía, su bello rostro se iluminaba, produciendo un efecto espectacular.

–¿Secreto? –repitió Jessica cada vez más incómoda.

–*Oui*. El secreto de como esperas conjugar los verbos que he escrito en la pizarra sin mirarlos –dijo en tono amable.

–¡Telepatía mental! –exclamó Winston, acudiendo en su ayuda con una payasada galante–. Es Embrujada disfrazada. ¡Hey, Jess, demuéstranos como puedes subir a los edificios de un salto!

–Ese es Superman, tonto –dijo Ken Matthews desde el fondo de la clase, sentado con las piernas estiradas a lo ancho del pasillo. Ken también tenía tendencia a abrir la boca cuando se presentaba la ocasión. La diferencia entre Ken y Winston estaba en que Ken era alto, rubio, atractivo y capitán del equipo de fútbol–. Y vas a salir de aquí más deprisa que una bala si no te callas.

–Gracias, Ken –su profesora intervino con seriedad–. Creo que ahora podemos callarnos *todos* y trabajar un poco. A menos –añadió con ojos brillantes– que alguno de vosotros tenga rayos equis en los ojos y pueda ver las respuestas que tengo escondidas en mi mesa.

Un coro de carcajadas acogió estas palabras. Ken la deslumbró con su mejor sonrisa de mil vatios. Era del dominio general que Ken estaba enamorado sin esperanza de la señorita Dalton, quien le había ayudado en sus estudios después de las clases, para evitar que repitiera curso. Incluso así, Jessica dudaba de que la señorita Dalton sospechara que Ken estaba loco por ella.

«Los profesores son *tan espesos* para algunas cosas», pensó. Ella *siempre* era la primera en saber cuando gustaba a un chico... así como la primera en sacar provecho de ello cuando le convenía. Incluso Winston podría serle útil cualquier día. Lo malo era que ahora el único que le gustaba de verdad era Bruce Patman, aunque para él era como si ella viviese en la luna.

Jessica trajo a su mente la imagen de Bruce, el fabulosamente rico, popular, guapo, el super estrella Bruce de los ojos azul hielo y el Porche negro azabache. Si la invitaba a ir con él al baile de otoño...

Claro que *había otro medio* aunque él no la

invitara. Si Jessica fuera elegida reina... Y Bruce Patman rey... Se imagino el escenario. Allí estaría ella, en todo su esplendor, fingiendo sorpresa al ser elegida. Subiría lentamente al escenario con una lágrima temblando en sus pestañas inferiores... lo suficiente para no correr su rimel... mientras inclinaba la cabeza con humildad para aceptar la corona.

Naturalmente, Bruce habría sido elegido rey. Era el chico más atractivo del colegio. Él la sonreiría al cogerla de la mano y los dos bajarían a la pista de baile bajo los focos, como si fuesen los dos únicos seres del mundo.

Tenía que ganar, así de sencillo. Era su gran oportunidad para hacer que Bruce se enamorara de ella. Faltaban dos semanas para el baile, y Jessica estaba desesperada por encontrar el medio de asegurarse la corona. Haría cualquier cosa, *lo que fuese*, por ser la reina.

La despertó de su sueño el agudo y sonoro timbre y la loca carrera hacia la puerta.

Lila Fowler se separó del grupo y alcanzó a Jessica cuando ésta se dirigía hacia las taquillas, todavía envuelta en el halo rosado de su sueño.

—*¿No la odias?* —le susurró Lila con el ceño fruncido.

—¿A quién? —preguntó Jessica.

—A la Dalton. ¿A quién sino? ¿No te importa

que te haya puesto en ridículo delante de toda la clase?

—Muérdete la lengua –replicó Jessica–. A mí nadie me pone en ridículo. Y menos que nadie una tontorrona como la señorita Dalton. En realidad, no es tan mala. A mí me gusta, aunque *sea* profesora.

La señorita Dalton era una de las profesoras nuevas de la Escuela Superior de Sweet Valley, de modo que naturalmente se hacían muchas especulaciones sobre ella. Algunas tenían que ver con su juventud y belleza... factor que no pasaba desapercibido entre la población masculina del colegio, en especial por el señor Roger Collins, asesor del periódico del colegio y un profesor más bueno que el pan.

Jessica se había enterado de que la señorita Dalton había estado saliendo últimamente con el padre de Lila, George Fowler, que estaba divorciado. Todo lo que tuviera que ver con los Fowler, una de las familias más ricas de Sweet Valley, era noticia.

Lila disfrutaba llamando la atención, pero lo que no le gustaba era aquella *cosa horrible* que había entre su padre y Nora Dalton. Jessica sospechaba que Lila tenía celos. Ella siempre estaba deseosa de que su padre le dedicara su atención, aunque parecía que él nunca tenía suficiente tiempo para su hija. Ahora que la señorita Dalton había entrado en escena, aún tendría menos.

—Yo no le echo la culpa a papá, aunque se *porta* como un ingenuo —decía Lila—. Después de todo, es ella la que prácticamente se ha echado en sus brazos. Estoy segura de que sólo va detrás de su dinero.

Por lo general, Jessica no tenía la costumbre de defender a la gente, pero pensó que Lila se había pasado en esta ocasión.

—Vamos, Lila —le replicó—. Yo no creo que la señorita Dalton sea una devoradora de hombres.

Lila le dirigió una mirada de desdén.

—Esas son las peores, ¿no lo entiendes? Las que no lo parecen. Si no, fíjate como encandila a Ken Matthews, por ejemplo. ¡Da asco!

—¿Ken? —repuso Jessica—. Me parece que estás celosa porque mientras baile contigo estará pensando en la señorita Dalton.

—Yo *no estoy* celosa. Porque Ken me haya invitado al baile, eso no significa que sea el amor de mi vida. ¿Por qué habría de importarme que le guste otra chica?

—¿Chica? ¡Lila, cariño, la señorita Dalton podría ser su madre, por amor de Dios!

—Tiene veinticinco años —replicó Lila con altivez—. Se lo pregunté a mi padre. Exactamente nueve más que nosotras.

–Eso no explica por qué tendría que interesarle Ken. Quiero decir que se arrojaría desde el Golden Gate, probablemente si ella se lo pidiera, pero...

–¿No lo entiendes? –la interrumpió Lila, que abrió su armario con rabia–. Ella es demasiado astuta para hacer algo *tan evidente*. Apuesto a que hay mucho más de lo que sabemos. ¿Te has fijado como se reclina sobre el pupitre de Ken cuando están solos en la clase?

–¿De veras? No me he dado cuenta. –Jessica se miró en el espejito que tenía en la parte interior de la puerta de su armario mientras se concentraba en aplicar una nueva capa de carmín Cereza Pasión a sus labios.

«En realidad, si la señorita Dalton tiene un romance con Ken Matthews, eso animará el ambiente del colegio», pensó.

–Ojalá la pillara haciendo algo con Ken –murmuró Lila–. Entonces mi padre vería lo que hay debajo de tanta monería.

Cara Walker se puso a su lado con los ojos llenos de curiosidad.

–¿Pillar a quién?

Cara siempre iba en busca de nuevos cotilleos. Era una de las razones por las que Jessica y ella eran tan buenas amigas. Cara dejaba que el huracán Jessica levantara el oleaje mientras ella le seguía su estela, recogiendo los comentarios que sembraba a su paso. Esbelta y morena, Cara era muy popular por derecho propio, aunque no podía competir con la maravillosa Jessica... un punto crucial a su favor, por lo que a Jessica respecta.

–A la señorita Dalton –contestó Jessica que puso cara de vampiresa mientras se contemplaba en el espejo–. Lila está convencida que ella y Ken Matthews están viviendo un apasionado romance.

–*¿Qué?* –exclamó Cara. Aquello era demasiado bueno para ser verdad–. ¡No lo creo!

–Pues créelo –replicó Lila al cerrar su armario con estrépito.

–Quieres decir que tú les has visto...

El resto de la pregunta de Cara quedó ahogado por el sonido del segundo timbrazo. Jessica y Cara cerraron de golpe sus armarios y luego echaron la llave.

–Tengo que darme prisa –dijo Lila–. No quiero llegar tarde a canto. Hoy van a escoger los solistas para el programa de Navidad–. ¡Me muero si no soy la soprano!

–No te preocupes –le aseguró Cara–. Oí que la señora Bellesario decía al viejo decano que tú eras una de las escogidas.

La expresión preocupada de Lila se transformó en asombro y felicidad. Primero abrazó a Cara, luego a Jessica que gritó para protestar.

–¡Hey! ¡Ten cuidado! Vas a estropear mi obra maestra. Quiero estar absolutamente perfecta por si me encuentro con tú-sabes-quién.

Cara dedicó a Jessica una sonrisa de complicidad mientras decía adiós a Lila.

–¿Por casualidad las iniciales de tú-sabes-quién no serán B P?

–Acertaste –rió Jessica–. Buena Persona.

–O tal vez Bonito Porsche –bromeó Cara.

–Tengo que confesar –dijo Jessica– que hay *algo terriblemente sexy* en un hombre montado en un Porsche negro... sobre todo si mide más de un metro ochenta, tiene unos maravillosos ojos azules y es increíblemente rico –añadió.

Jessica suspiró. Jamás había deseado tanto algo en su vida como ir al baile con Bruce. Para ella era un sentimiento nuevo. Estaba acostumbrada a conseguir sus deseos... de una forma u otra. Y, no obstante, la mitad del tiempo, Bruce actuaba como si apenas notara su existencia, aunque ella hacía todo lo que podía por atraer su atención, como aquella vez que dejó caer una tonelada de libros a sus pies en el pasillo del estudio. Bruce se limitó a sonreír con indolencia y, sin mover ni un dedo para ayudarla a recogerlos, comentó: «Déjame pasar, Wakefield».

Esta vez no iba a dejarle escapar tan fácilmente. Tenía una idea.

–Hey, Cara –le dijo mientras cogía del brazo a su mejor amiga para dirigirse a clase–. Tú te sientas al lado de Ronnie Edwards en clase de historia, ¿no?

–¿Y qué? ¿También le has echado el ojo? No te lo reprocho. No está nada mal.

–También es el presidente del comité que organiza el baile –añadió Jessica de inmediato–. Me estaba preguntando si podrías interceder por mí. Sabes, la próxima vez que hables con él, como quien no quiere la cosa, trata de influenciarle para que haga que los chicos voten por mí.

–Seguro –dijo Cara–. Pero, con franqueza, Jess, no sé por qué te preocupas. Me refiero a que mires la competencia, ¿quires? Enid Rollins, por ejemplo. Tú eres un millón de veces más bonita.

Jessica entrecerró los ojos al oír mencionar el nombre de Enid.

–Sí, Enid es un *callo*, de acuerdo, pero casualmente es la novia de Ronnie, ¿recuerdas? Él podría lograr que mucha gente votara por ella.

Cara se encogió de hombros.

–Quién sabe. A lo mejor riñen antes.

–¡Qué va! ¿Has visto que juntos van siempre! ¡Se diría que están unidos por la cadera!

–Di mejor que por el labio –rió Cara.

Pero Jessica estaba demasiado preocupada para reírla la gracia. Tenía otras razones para que no le gustara Enid. Ante todo, el hecho de que últimamente parecía acaparar todos y cada minuto del tiempo libre de Elisabet, tiempo que Elisabet podría pasar con su adorable, divertida y simpática hermana gemela.

–Con franqueza –dijo Jessica–, no me imagino lo que un chico mono como Ronnie puede ver en esa desgraciada.

–A Lisa parece que también le gusta –comentó Cara, mirando a Jessica de reojo.

–¡A Lisa! –exclamó Jessica con disgusto–. Escucha, Cara: mi hermana no tiene el menor gusto cuando se trata de elegir amistades. ¡Es vergonzoso! Quiero decir que... ¿y si alguien pensara que *era yo* la que estaba con Enid?

Al doblar la esquina, Jessica distinguió a Bruce Patman en el concurrido pasillo. Iba en dirección a la escalera, atractivo como siempre, y con unos pantalones de pana blanca y un jersey azul brezo que hacía juego con sus ojos. Sus rodillas empezaron a parecer de gelatina y los latidos de su corazón resonaban en sus oídos.

–Tengo que irme. Te veré luego –se volvió hacia Cara con aire distraído. En sus ojos perduraba el glorioso espectáculo de ver a Bruce subiendo la escalera con la gracia felina de un león joven.

«Perfección», pensó Jessica, sintiendo una oleada de calor. Bruce era la perfección absoluta, desde la punta de los dedos de sus pies hasta sus cabellos negros despeinados con naturalidad. Parecía como si se los hubiese peinado al aire y acabase de salir de las páginas de una revista. Jessica lo miraba con la mente en blanco.

–Espera un momento –protestó Cara, tirándole del brazo–. No has terminado de contarme lo de Ken y la señorita Dal...

Pero Jessica ya se había olvidado de la señorita Dalton. Tenía a Bruce ante sus ojos y, como una bala camino del blanco, iba derechita hacia él para alcanzarlo.

III

–Vaya, vaya, si es la pequeña pastorcita –dijo con sorna Bruce cuando Jessica echó a andar a su lado. Él la dominó desde su altura con un parpadeo de sus ojos azules–. ¿Has perdido alguna ovejita últimamente?

Jessica se rió como si fuese el chiste más gracioso del mundo. Bruce Patman podría recitar la guía telefónica en epidipio pomapa y todas las chicas del colegio lo escucharían embobadas.

–No sé de qué me hablas, Bruce –repuso, agitando sus pestañas–. Prácticamente soy la chica más solitaria del colegio. ¿Querrás creer que ni siquiera tengo aún pareja para el baile?

–Apuesto a que Egbert te llevará. He oído decir que bebe los vientos por ti.

Jessica hizo una mueca de disgusto.

–¡Es el último chico de la Tierra con el que quisiera ir! ¡Me refiero, con sinceridad, a que es una especie de... de... caricatura!

Bruce se rió.

–Claro, el perfecto Escubidu. Aunque a Winston le gustas.

–Oh, es bastante simpático, pero bueno... *ya sabes* lo que quiero decir. –Jessica puso los ojos en blanco para expresar que Winston no tenía ni la más remota esperanza.

Bruce se echó a reír.

–Sí, creo que sí, Jessica.

Sintió que su mirada la recorría de la cabeza a los pies como si la estuviera midiendo para saber si era su tipo. Al parecer mereció su aprobación, ya que su boca se curvó en una sonrisa lenta que hizo latir el pulso de Jessica sin control. Ella *siempre supo* que Bruce era su tipo, ¿llegaría él al fin a la misma conclusión?

Se pasó la punta de la lengua por los labios, preguntándose como sería cuando Bruce la besara. *Cuando*, no *si*. El condicional «si...» no formaba parte del vocabulario de Jessica.

Cuando llegaron a lo alto de la escalera, Jessica buscó frenética alguna excusa para evitar que se marchara. Y entonces le llegó la inspiración. Levantó la mano para comprobar si su collar –uno de la pareja con los dijes de oro que sus padres habían regalado a las gemelas cuando cumplieron dieciséis años– estaba debajo de su suéter. Allí estaba.

–¡Oh! –exclamó–. ¡Mi collar! Debe de haberse caído por la escalera. Bruce, tienes que ayudarme a buscarlo. Mis padres seguro que me asesinan si llego a perderlo. ¡Prácticamente se entramparon para toda la vida para comprármelo!

Brue dirigió una mirada de desgana a la escalera.

–No lo veo. Pero escucha, cariño, estoy seguro de que aparecerá. Yo tengo que marcharme. Hasta luego. –Y se fue, dejando a Jessica mirándole con frustración y asombro.

–¿He oído que perdiste tu collar?

Se volvió al oír una voz a su espalda. Allí estaba Winston Egbert sonriendo bobaliconamente y ruborizado hasta las orejas.

Ella suspiró.

–Ah, sí, pero no tiene importancia. Puedo buscarlo más tarde.

–Cielos, Jessica, a mí no me importa ayudarte a buscarlo –se ofreció–. Tengo buena mano para encontrar cosas. Mis amigos me llaman Sherlock Holmes. Una vez incluso encontré un sello que mi hermano creyó haber perdido de su colección. No adivinarías ni en un millón de años donde lo encontré. Pegado a la suela de mi zapato, ¡ahí es donde estaba! Apuesto a que es el último sitio donde a nadie se le habría ocurrido mirar, ¿eh?

Avanzó hacia ella cuando Jessica intentaba esquivarlo.

–¡Caramba, lo siento! –Winston enrojeció todavía más–. No era mi intención pisarte. ¿Estás bien?

Jessica reaccionó. La fuerza de la costumbre le hizo sonreír. Le dedicó una sonrisa radiante que puso de relieve su hoyuelo, a pesar de su contrariedad.

–Gracias, Winston, pero como te dije, no tiene importancia. Voy a llegar tarde a clase.

–Claro, Jessica –dijo mientras la decepción invadía su rostro–. Supongo que te veré más tarde, ¿no?

Lo último que vio antes de echar a correr por el pasillo fue a Winston Egbert a gatas recorriendo la escalera en busca de un collar inexistente.

Jessica llegó a su casa de muy mal talante. Cuando empezaba a pensar que Bruce pudiera sentir cierto interés por ella, dio un giro de ciento ochenta grados y le propinó un buen chasco. Ahora estaba más confusa y desesperanzaba que nunca respecto a él. *Tenía* que encontrar el medio de atraerle. Recordaba cómo la había devorado con los ojos... desde luego no se anduvo con rodeos. Jessica se ablandó al recordarlo. Quizás hubiera alguna posibilidad después de todo.

–¿Dónde está Lisa? –preguntó a su madre

que había llegado temprano a casa después del trabajo y estaba lavando una lechuga.

–Creo que está con Enid. Tienen entre manos un proyecto artístico. me parece que son unos pósters para el baile.

Alicia Wakefield, esbelta y bronceada podría haber pasado por la hermana mayor de las gemelas. Compartían el mismo atractivo y los mismos cabellos color miel que ahora rozaban suavemente sus hombros mientras trajinaba por la espaciosa cocina de alicatado español.

–¡Enid! –exclamó Jessica con desprecio exagerado–. ¡Ug! ¿Cómo puede una hermana mía salir con semejante desgraciada?

La señora Wakefield se volvió para dirigir a su hija una mirada de reproche.

–No sé como puedes decir eso, Jess. Enid es una chica muy simpática. Y parece que Lisa y ella tienen muchas cosas en común.

–Sí, por eso se está convirtiendo en la sombra de Lisa. ¡Me dan naúseas! Siempre está aquí. ¿Es que no tiene casa?

Alicia Wakefield sonrió mientras sacudía las hojas de lechuga para que soltasen el agua.

–A mí me parece un caso leve del monstruo de los ojos verdes.

–¿Yo? ¿Yo celosa de Enid Rollins? –Jessica chasqueó la lengua–. ¿Cómo una madre puede decir una cosa tan horrible a su propia hija?

–Tal vez porque sea verdad -sugirió su madre tranquilamente.

–¡Mamá!

–Bueno, Lisa pasa *mucho tiempo* con Enid. Y tú desde luego no la ves tanto como antes.

–Es su problema si quiere juntarse con desgraciadas y conmigo no. Quiero decir que, si a ella no le importa arruinar su reputación saliendo con esa individua, ¿por qué iba a importarme a mí?

–Buena pregunta. Cariño, ¿quieres alcanzarme el monda-patatas que está en el segundo cajón? Eso es. ¿Te he dicho que Steven traerá a Tricia esta noche a cenar?

Tricia Martin era la novia de su hermano Steven. Aunque él vivía en una residencia en la ciudad universitaria de una población cercana, venía mucho a casa, principalmente por Tricia. A Jessica le horrorizaba que su propio hermano saliera con una chica de las peores familias de la ciudad. Pero en estos momentos estaba demasiado ocupada pensando en el suicidio social que Elisabet estaba cometiendo al dejarla en segundo plano.

–Lisa puede ver a quien quiera –repitió Jessica. Con el entrecejo fruncido fue hasta la cesta de tomates que estaba sobre la encimera y se metió uno en la boca.

–Cierto.

—Puede hacer amistad con un hipopótamo de un solo ojo. A mí me da lo mismo.

—Eso demuestra que tienes una mentalidad abierta. No te comas todos los tomates, Jess. Deja algunos para la ensalada.

—Puede salir con *diez* hipopótamos de un sólo ojo si eso es lo que quiere. Desde luego no es asunto mío.

—Estoy completamente de acuerdo.

—Si ella prefiere a Enid antes que a mí, ¿por qué he de molestarme? Al fin y al cabo, yo tengo toneladas de amigos más que ella. Y, después de todo, yo fui quien trajo a Enid a esta casa.

A Jessica no le gustaba admitirlo, pero era verdad. Enid había preferido la compañía de Elisabet a la suya. Y eso para Jessica era imperdonable.

Se echó a llorar. Maldita Enid Rollins, pensó. Maldito también Bruce Patman. No necesitaba a ninguno de los dos. Todo el mundo sabía que podía hacer que cualquiera la siguiera con sólo mover un dedo. ¿Era culpa suya que Enid y Bruce fueran siempre ciegos a sus encantos?

Alicia Wakefield puso su mano sobre el hombro de Jessica para consolarla. Estaba acostumbrada a las tempestades de su hija menor (era cuatro minutos más joven que Elisabet). Desde que era pequeña, las tormentas habían sido frecuentes y de corta duración, como nubes que ciegan el sol.

–No te preocupes, cariño –le dijo–. Nadie puede reemplazarte por lo que concierne a Lisa.

–¡Espero que no! –rugió Jessica–. ¡Soy la mejor amiga que nunca haya tenido!

–Entonces, ¿por qué te preocupas tanto?

–Por nada. ¡Absolutamente *por nada*! –mordió otro tomate que terminó, dejando un reguero rojo de zumo y semillas en su jersey favorito de angora rosa–. ¡Estropeado! –gritó–. ¡Estropeado del todo!

La señora Wakefield suspiró mientras le entregaba la esponja.

–Bueno, en ese caso, siempre podemos aprovecharlo para la cena, puesto que ése era el último tomate.

Hecha una furia, Jessica subió la escalera corriendo y se dirigió directamente a la habitación de Elisabet. Se desplomó sobre la cama. Prefería el cuarto de su hermana porque estaba mucho más ordenado. La Chocolatina, como ella llamaba a su habitación por el color chocolate de sus paredes, era una mezcla, según las palabras inmortales de Elisabet, entre un ring de lucha libre sobre barro y el mostrador de saldos de un gran almacén.

No era justo, se lamentaba Jessica. Elisabet

iba a ir al baile con Todd Wilkins. Incluso Enid tenía pareja: Ronnie Edwards, que estaba tan ciego de amor que, como presidente del comité que organizaba el baile, probablemente obtendría un millón de votos a su favor. Ignorando el hecho de que podría haber elegido entre media docena de chicos si hubiese querido, Jessica se negaba a ser consolada.

Entonces, por el rabillo del ojo, distinguió un papel que asomaba por debajo de la cama. Parecía una carta. Era curiosa por naturaleza... y como no tenía el menor escrúpulo para leer la correspondencia ajena... la cogió.

«Querida Enid –leyó con repentino y voraz interés–. Últimamente he estado muy deprimido. No soy capaz de levantar cabeza, como has hecho tú. No dejo de pensar en el pasado e intento imaginar como se complicó todo tan rápidamente. Como aquella vez, ¿recuerdas?, que tomamos juntos unas copas, y antes de nos diésemos cuenta, íbamos en mi Ferrari G.T.O. a noventa o a cien...»

Una sonrisa astuta asomó a los labios de Jessica mientras urdía un plan en su mente. Dobló la carta para guardarla con cuidado en el bolsillo posterior a sus vaqueros.

Tendría que devolverla antes de que Elisabet descubriese su desaparición, pero eso no era ningún problema.

Silbando por lo bajo, Jessica bajó la escalera para dirigirse al estudio de su padre donde tenía una pequeña máquina Xerox para fotocopiar documentos legales.

IV

—¿Qué les pasa a Ronnie y Enid? —preguntó Todd—. ¿Es que se han peleado?

Todd y Elisabet hablaban en susurros mientras aguardaban a que Ronnie y Enid regresaran a sus asientos después de comprar palomitas de maíz. Las dos parejas solían salir juntas y el Cine Valley era uno de los lugares favoritos. Antes lo pasaban siempre bien juntos, pero, aquella noche, Elisabet también había notado que algo andaba mal.

—Parece que Ronnie está algo raro —admitió.

No quiso decirle lo preocupada que estaba por Enid y por que Ronnie no descubriera su secreto. Le había prometido a Enid no decírselo a nadie, y eso incluía también a Todd, aunque fuese su pareja y se sintiera más unida a él que a ninguna otra persona.

Elisabet miró a Todd dando gracias por haber conseguido su afecto... a pesar de todos los trucos malvados que Jessica inventara al principio para separarlos. Jessica lo quería para ella, y Elisabet comprendía el por qué. Todd era uno de los chicos más atractivos de la Escuela Superior de Sweet Valley, además de la estrella del equipo de baloncesto. Era alto y esbelto, de cabellos castaños y rizados que le caían sobre la frente y unos ojos color café tan profundos que una podría ahogarse en ellos. Pero lo mejor de él era que no le importaba un comino ser popular. Era simpático con la gente que le gustaba y evitaba a la que él consideraba esnob, sin importarle lo populares que fuesen. En ese aspecto Elisabet y él eran iguales. Y ella sabía que podía contarle todo lo que le preocupase que él la comprendería.

–¿Te fijaste que no le cogía de la mano durante la película? –observó Todd mientras acariciaba la de Elisabet–. Resulta extraño, porque siempre está pendiente de ella.

Elisabet asintió.

–Pobre Enid. La veo preocupada de verdad.

–Espero que a Ronnie no le haya dado otro de sus ataques de celos. ¿Recuerdas aquella vez que se puso furioso porque ella hablaba con aquel tipo en Guido?

–Y lo único que intentaba era que no le pusiera anchoas en su pizza.

–Es una locura –dijo Todd mientras meneaba pesaroso la cabeza–. Si quieres a alguien, has de confiar en él. O en ella. Me parece una estupidez enfadarse por nada cuando puedes pasarlo bien.

–¿Quieres decir, como nosotros? –Elisabet se inclinó para rozar con sus labios el cuello de Todd.

Como respuesta Todd la besó suavemente.

Sintió una opresión en el pecho al pensar lo que sería para ella perder a Todd. Su corazón volvió a Enid que tenía mil razones más para estar preocupada.

–Espero que Enid esté bien –dijo al ver a Ronnie que se acercaba solo por el pasillo–. Tal vez deba ir a comprobarlo.

Encontró a Enid en el baño, secándose los ojos con una toallita de papel.

–Enid, ¿qué te pasa? –le preguntó Elisabet.

Enid meneó la cabeza.

–No... no lo sé. Esta noche Ronnie parece otra persona. Como si estuviera a miles de kilómetros de distancia. –Sus ojos tenían una expresión atormentada–. Oh, Lisa, ¿tú crees que ya lo sabe?

–Tal vez sea otra cosa –sugirió Elisabet sin muchas esperanzas–. Un problema familiar. Dijiste que sus padres se divorciaron...

–Porque su madre estaba haciendo el tonto con otro hombre –dijo Enid con amargura.

–Estoy segura de que para él no es fácil vivir solo con su padre. Tal vez no se llevan bien. Deberías hablar con él, Enid. Puede ser otra cosa que *le da miedo* decirte.

—Sí, como que quiere romper conmigo, sólo que no se atreve a decírmelo.

—Ronnie no haría eso. Él te quiere. —Pero cuando lo dijo, Elisabet no estaba muy segura.

—Para Ronnie querer a alguien significa fidelidad total —dijo Enid—. Si él sospechara por un segundo que hemos estado escribiéndonos con George, sería el fin. Jamás me perdonaría.

«Alguien tan intolerante no se merece a alguien tan bueno como Enid», pensó Elisabet.

—No te preocupes —le dijo—. Yo soy la única que sabe lo de las cartas. Y aunque averiguase lo demás, eso ocurrió antes de que le conocieras. No puede reprochártelo. No sería justo.

—¿Quien dijo que el amor es justo? —preguntó Enid que se sonó ruidosamente.

Retocó su maquillaje y cepilló sus cabellos castaños con tal brío que se empinaron cargados de electricidad. Cuadró sus hombros mientras se miraba en el espejo para un examen final.

—Quizá sean imaginaciones mías —dijo con un hilo de voz—. Tal vez lo que pasa es únicamente que Ronnie está de mal humor.

Elisabet deseó que acertara.

Mientras la acompañaba a casa después de

dejar a Elisabet y a Todd, Enid sentía que el hueco entre los dos asientos del Toyota de Ronnie se había convertido de pronto en la Línea Divisoria Continental. Ella había esperado que su silencio se debiera al hecho de que le resultara incómodo hablar delante de Elisabet y Todd, pero ahora estaba tan distante como antes de dejarles.

–¿A dónde vamos? –le preguntó al ver que pasaban de largo su calle.

–Pensé que podríamos aparcar un rato –replicó Ronnie con voz inexpresiva.

Mirando su perfil que se recortaba contra la luz ambarina de una farola, Enid sintió resurgir su esperanza. ¡Después de todo, quería estar con ella! Deseaba acercarse a él para pasar sus dedos entre los cabellos rizados que cubrían su nuca, pero contuvo su impulso. Aunque ahora estaba claro que deseaba estar con ella, seguía pensando que algo andaba mal.

Ronnie encontró un sitio en Cabo Miller, su lugar favorito de Sweet Valley, desde donde se dominaba la ciudad. Había allí cuatro o cinco coches aparcados ya y, a juzgar por el vaho de sus cristales, llevaban allí un buen rato.

Ronnie no perdió el tiempo. En cuanto hubo parado el motor, agarró a Enid para besarla con tal fuerza que la dejó sin respiración.

–Hey, ¿a qué viene tanta prisa? –Quiso quitarle importancia aunque estaba temblando cuando al fin consiguió librarse de su abrazo.

Enid sintió una alarma creciente. ¡Ronnie nunca se había comportado así antes! Por lo general era amable y jamás se pasaba de los límites que ella le marcaba. Esta noche actuaba... sin control. Aquello era muy grave.

–Perdona –murmuró él que se puso a juguetear con el radiocassette. La atronadora música de rock llenó el coche. Por lo general escogía algo lento y romántico, pero aquella tarde era evidente que no era ese su estado de ánimo.

–Ronnie... ¿qué ocurre? –preguntó–. ¿Qué es lo que te pasa?

Nervioso, tamborileó con los dedos el volante incapaz de mirarla a los ojos.

–Ah, bueno. No quería decírtelo, pero se trata del baile. Yo...

Enid sintió que su corazón quedaba suspendido en el aire.

–¿Qué pasa con el baile?

–Que no sé si podré ir. Verás, tengo que trabajar para mi padre esa noche. Tiene que marcharse de la ciudad y necesita alguien que vigile el almacén.

–Vaya, Ronnie, que mala suerte. –Enid sintió naúseas.

El padre de Ronnie tenía un pequeño supermercado que estaba abierto toda la noche, pero

Enid sabía que hubiera podido llamar a media docena de personas para reemplazarlo. Ronnie ni siquiera se había molestado en buscar una excusa decente para engañarla. Una sensación de calor y escozor detrás de los ojos le advirtió la proximidad de las lágrimas. Luchó por contenerlas. Estaba decidida a mantener la cabeza bien alta, para no dejarle ver lo mucho que sufría.

–Sí, bueno, lo siento, Enid, pero ya sabes lo que ocurre a veces. De todas formas ya te lo diré seguro, en un sentido o en otro, dentro de un par de días.

«Él cree que me está dejando con suavidad», pensó Enid. ¿Suavidad? Aquello era una agonía. Había imaginado esta escena tantas veces, pero ahora que estaba ocurriendo de verdad, no le parecía real. Enid se estremeció, pues de pronto se sentía sola y tenía frío, mucho frío. Anhelaba el calor de los brazos de Ronnie, a pesar de su extraño comportamiento. Intentó creer una vez más que eran cosas de su imaginación. En su desesperación, la propia Enid comenzó a ablandarse cuando los brazos de Ronnie volvieron a aprisionarla y sus labios se apretaron contra los suyos con presión insistente. Pero algo en su interior le impidió continuar. *¡No, así no!* Se puso tensa y le apartó.

–Ronnie... por favor. ¿No podemos quedarnos aquí sentados tranquilamente y charlar un rato? –le suplicó.

–¿Sobre qué? –Su tono era frío y su actitud defensiva.

–Ah... –Estuvo a punto de contárselo todo en aquel momento, de dar salida a todo lo que la había estado atormentando desde la primera vez que salió con él. Pero el caso es que las palabras parecían atravesarse en su garganta–. No sé. Hablar. ¿Has oído algo interesante en el colegio últimamente?

–¿Te refieres a lo de Ken Matthews y la señorita Dalton?

–¿Qué pasa con ellos? –le preguntó.

–Circula el rumor por todo el colegio de que tienen un romance.

–¡No puedo creerlo! –Por un momento Enid olvidó su propio disgusto–. ¡La señorita Dalton no haría una cosa así!

–¿Cómo lo sabes? –la desafió Ronnie–. La gente comete estupideces constantemente.

–No creo que ella fuese capaz...

–¿De intererarse por Ken? –remató él riendo–. Yo sí lo entiendo. La gente tiene dos caras, sobre todo en lo que se refiere al amor.

Ahora la que se enfadó fue Enid.

–Espera un momento. Tú no sabes nada de eso. ¿Quién te lo dijo? ¿Acaso alguien los vio juntos?

La imagen de la refinada señorita Dalton en brazos de un alumno de la Escuela Superior se negaba a acudir a su mente. Claro que Enid estaba influenciada. La señorita Dalton era su profesora preferida. Una vez que Enid llegó al colegio casi llorando por un problema que tenía con su madre, la señorita Dalton la llamó aparte al salir de la clase y la consoló. Desde entonces le resultaba fácil hablar con ella y se había acostumbrado a hacerlo siempre que algo le preocupaba. A la señorita Dalton nunca parecía molestarle, y siempre encontraba tiempo para ella. La verdad es que Enid *no quería creer* que la señorita Dalton fuese capaz de hacer algo semejante.

–¿Y a quién le importa? –dijo Ronnie sin piedad–. De todas formas, es probable que sea cierto.

La atrajo hacia él. Incluso su rostro se restregó contra el suyo con rudeza para besarla. Cuando ella quiso apartarse, él la sujetó con más fuerza.

Al fin Enid consiguió librarse de sus brazos. Al apartarse de él, se puso de cara a la ventanilla para evitar que la viera llorar. Sus lágrimas ardientes cayeron sobre sus manos que tenía fuertemente apretadas sobre su regazo, tanto que se le clavaban las uñas en las palmas.

–¿Qué te pasa? –gruñó Ronnie–. ¿Es que no

estoy al mismo nivel de ese George? ¿No me vas a dar el mismo trato que le das a él?

Enid se quedó sin respiración como si hubiese recibido un puñetazo en el estómago.

–¿Cómo... cómo sabes lo de George?

–¡Que importa eso! El caso es que *lo sé*. –Sus ojos se entrecerraron llenos de resentimiento–. Sé un montón de cosas de ti que antes ignoraba, Enid. Sé, por ejemplo, que no eres tan pura como me hiciste creer.

–Ronnie, no... –Enid se tapó la cara con las manos incapaz de mirarle a los ojos. Él la odiaba. *La odiaba* de verdad.

Apartó las manos de ella para obligarla a mirarle mientras le apretaba las muñecas cortándole la circulación.

–Me has estado engañando –siseó–. ¡Lo sé todo!

–Ronnie, por favor, ¡tú no lo comprendes! ¡Deja que te lo explique!

–Oh, vaya, si lo comprendo. ¡Y tanto! Como el idiota que he sido. Todo este tiempo que has fingido estar enamorada de mí, seguías manteniendo relaciones con otro a mis espaldas, escribiéndole cartas de amor. ¡Cómo he podido ser tan estúpido!

Enid sentía como si tuviera la garganta atenazada por la mano de un gigante. Luchaba por contener sus sollozos.

–Ronnie, escúchame por favor. George y yo sólo somos amigos. Es cierto que salíamos juntos, pero de eso hace mucho tiempo. ¡Tienes que creerme!

–¿Por qué habría de creerte? Me has estado mintiendo todo el tiempo. Actuando como una santurrona cuando la verdad es que estabas loca por ese George y quién sabe por quién más.

Había ido demasiado lejos. Con un grito de furor, Enid liberó sus muñecas.

–Está bien, si es eso lo que piensas. ¡Es evidente que ni siquiera te importa conocer mi versión! ¿Por qué no puedes *confiar* un poquito en mí?

–¿Confiar? –rió Ronnie–. ¿No es una palabra un tanto absurda en tus labios, Enid? Teniendo en cuenta que, durante todo el tiempo que yo confiaba en ti, tú me apuñalabas por la espalda. Olvídalo, nena. Te llevaré a casa.

Enid no podía creer que fuera Ronnie el que le hablara así. Era como si de doctor Jekyll se hubiera convertido en mister Hyde.[1] La pesadilla tanto tiempo soñada se estaba convirtiendo en realidad y era incluso muchísimo peor de lo que jamás pudo imaginar.

---

1. Referencia a la famosa novela de terror de R.L. Stevenson: *El doctor Jekyll y Mister Hyde*.

Ronnie condujo hasta su casa en silencio mientras ella, a su lado, luchaba por contener los sollozos. Un pensamiento acudió a su mente para aumentar su dolor: una traición. «*Las cartas. Lisa debe haberle dicho lo de las cartas.*»

V

Elisabet no había visto nunca a su hermana de tan buen humor. Jessica la estaba poniendo nerviosa, revoloteando por la habitación como una abeja superactiva mientras se preparaba para salir con Cara el sábado por la noche.

–¿Qué te ocurre? –Jessica levantó su vestido de punto color Borgoña–. ¿Queda bien con este cinturón nuevo que compré el mes pasado?

–La verdad es que te tomas mucho trabajo en arreglarte para salir con Cara –observó Elisabet–. ¿Qué es lo que tramas?

–A mí me corresponde saberlo... y a ti, hermana mayor, averiguarlo –contestó Jessica con una sonrisa misteriosa.

Tatareaba mientras se quitaba los rulos de su cabeza. Pero Elisabet conocía su juego y no estaba dispuesta a seguirle la corriente.

Bostezó.

–Pues, que te diviertas... sea lo que sea.

Jessica se detuvo para mirar a su hermana a través del espejo.

–¿No sientes ni un poquitín de curiosidad por saber a dónde vamos?

–No, la verdad. –Elisabet volvió a bostezar.

–¿Quieres decir que ni siquiera intentarás adivinarlo? –El labio inferior de Jessica se curvó en un ligero puchero.

–Está bien. Déjame pensar... estáis invitadas a una recepción en la Casa Blanca y tu hada madrina está dispuesta a convertir una calabaza del jardín de mamá en un jet.

Jessica arrojó el cepillo del pelo a su hermana y no le dio por escasos centímetros.

–Muy graciosa. –Hacía esfuerzos por no reír.

–Está bien. –Elisabet se rió–. Me doy por vencida. ¿A dónde *vais*?

–A una fiesta en casa de Lila. Tú también estarías invitada si procurases ser más amiga de Lila.

Elisabet se encogió de hombros.

–¿Por qué había de hacerlo? Yo creo que es una falsa.

–No más que alguna de *tus* amigas –replicó Jessica–. No voy a mencionar nombres, pero creo que sabes a quien me refiero. Su primera inicial es E... y no hablo de ET.

–Sin comentarios –repuso Elisabet. Le preocupaba que Jessica estuviera tan obcecada en rechazar a Enid, pero sabía que, si su hermana supiera lo que ella sentía, jamás cambiaría de opinión–. De todas formas, yo no iría a la fiesta de Lila aunque me invitara. Tienes que reconocerlo, Jess; los Fowler son unos esnobs. Supongo que se debe a haberse hecho muy ricos prácticamente de la noche a la mañana.

–A mí no me importa que su dinero crezca en los árboles –dijo Jessica–. El caso es que conocen *a toda* la gente bien. Todo el que es alguien estará en la fiesta.

–¿Eso significa Bruce Patman, Bruce Patman y Bruce Patman? –Elisabet no pudo resistir la tentación de pincharla.

–Puedes bromear todo lo que quieras –dijo Jessica–. A decir verdad, él *estará allí*, y yo quiero estar segura de que se fije en mí. ¿Qué te parece? ¿Está bien este vestido de punto? ¿No crees que me engorda?

–Sí y no.

–*¿Qué?* –Jessica gritó como si la hubiesen herido mortalmente y se volvió para encararse con su hermana–: ¿Sugieres que estoy gorda? Pesamos exactamente lo mismo, para que lo sepas.

–Cálmate, Jess. He dicho que sí, que el vestido te queda bien, y no, que no te engorda.

–Eso está mejor. –Jessica volvió a su acostumbrado talante ultra-encantador, dedicando a Elisabet una sonrisa radiante.

Tras quitarse el último rulo del cabello, dejó suelta una melena de rizos dorados. No tener el pelo rizado era la única cosa con la que Jessica no había sido favorecida.

Elisabet volvió a su habitación y al libro que estaba leyendo, pero no fue capaz de concentrarse. Pensaba en Enid. Le preocupaba que no la hubiese llamado. Habían transcurrido veinticuatro horas desde que salieran las dos parejas... un record de silencio por lo que a Enid respecta. Sobre todo, dado que tenía que saber que Elisabet se moría por saber el resultado de su conversación con Ronnie. Ella había intentado llamarla, pero las dos veces su madre le había dicho que estaba demasiado ocupada para ponerse al teléfono.

Algo extraño estaba ocurriendo.

Elisabet decidió intentarlo una vez más y, si Enid no quería ponerse al teléfono, iría personalmente a ver qué pasaba. «¿Habrá roto con Ronnie? –se preguntaba intraquila–. ¿Estará enfadada por haberle aconsejado que fuese sincera con él?»

Esta vez la propia Enid contestó al teléfono... aunque Elisabet apenas reconoció su voz. Parecía fría y distante.

–¿Estás bien, Enid? –le preguntó Elisabet–. Tienes una voz rara, como si estuvieras resfriada o algo así.

–Estoy bien.

–Pues no lo parece. ¿Vas a contarme lo que sucedió anoche?

Enid se rió, pero fue con una risa seca y ronca.

–Me sorprende que tengas que preguntarlo, Lisa. Yo diría que para ti debía estar bien claro.

–¿De qué me hablas? Hey, Enid, soy yo, Lisa. ¿Qué te pasa? Mira, siento haberte dicho que hablaras con Ronnie. ¿Se disgustó cuando se lo contaste? ¿Es eso?

–*¿Disgustarse?* –repitió Enid–. Sí, yo diría que desde luego se disgustó. Sólo que no fui yo quien se lo dijo.

–Entonces sabe lo de los antecedentes penales. Valiente cosa. Lo superará en un par de días. Al fin y al cabo, sucedió hace mucho tiempo. No tiene nada que ver ahora contigo y con Ronnie.

–Sabe lo de las cartas.

Elisabet contuvo la respiración.

–¿Cómo puede haberse enterado? ¡Tú y yo somos las únicas que lo sabíamos!

–Exacto –replicó Enid con acritud.

–Oh, Enid, no es posible que pienses...

–*¿Qué se supone que debo pensar?* –Enid estaba llorando–. *Dímelo tú.*

–Yo... yo no sé. –Elisabet estaba demasiado

aturdida para pensar–. Pero, Enid, tienes que creer que yo nunca...

–¿Por qué tengo que creerte? Tú eras la única que sabía lo de las cartas. *La única*. Yo confié en ti. *Tuviste que ser tú*. Oh, Lisa, ¿cómo has podido hacerme esto?

–Enid, por favor...

Pero antes de que pudiera continuar, Enid había colgado el teléfono. Durante un rato Elisabet se negó a creer lo que acababa de ocurrir. Permaneció inmóvil escuchando el zumbido de la señal de marcar unos momentos antes de dejar el aparato.

–¿Quién era? –preguntó Jessica a su espalda–. Me pareció que discutíais.

–Enid –replicó Elisabet con los ojos llenos de lágrimas–. Era Enid.

Jessica hizo una mueca.

–*¿Qué quería?* Aguarda un momento, no me lo digas, deja que adivine... no podía ir de la sala de estar a la cocina sin pedir primero tu opinión, ¿acierto?

–¡Basta, Jessica! –replicó Elisabet–. No tiene gracia. Enid estaba muy disgustada. Ronnie y ella han roto... y ella cree que ha sido por mi culpa.

Y confió a su hermana todo lo ocurrido. Jessica corrió al lado de su hermana para abrazarla.

—¡Qué injusta! ¿Cómo puede acusarte de semejante cosa? Debe haber algún error. Probablemente la propia Enid habló de las cartas y ahora quiere echarte la culpa a ti. Siempre he sabido que te estaba utilizando, Lisa. Lo vi desde el principio. Te irá mejor sin ella.

Elisabet se deshizo del abrazo sofocante de su hermana.

—Estoy segura de que Enid no sentía las cosas que me dijo. Estaba disgustada por haber roto con Ronnie. Debe de haber sido terrible para ella.

—¿Y tú? ¡Mira con el muerto que quiere cargarte!

—Sobreviviré. Pero estoy preocupada por Enid.

—Por amor de Dios, Lisa, ¿es que intentas ganar el Premio Nobel de la Paz o algo parecido? ¿Ni siquiera vas a defenderte?

—Todo lo que quiero es aclarar este enredo. ¡Lo único que deseo es que Enid me escuche! Tengo el presentimiento que, si vuelvo a llamarla ahora, me colgará otra vez.

—Espera a verla el lunes. Déjala que espere hasta entonces.

Elisabet se mordió el labio pensativa.

—Quizá sea mejor esperar. No creo que ahora esté en condiciones de escuchar a nadie. ¡Pobre Enid! No puedo creer que Ronnie le haga esto por unas estúpidas cartas de un chico con el que ya no sale.

—¿No lo ves? Es el principio de todo. ¿Cómo va a volver a confiar en ella sabiendo que le ha ocultado la verdad? Sinceramente Lisa, creo que es mejor que Ronnie lo haya descubierto. Quienquiera que le haya dicho lo de las cartas le ha hecho un gran favor.

—¿Pero *quién*? —exclamó Elisabet—. *¿Quién* pudo haber hecho algo tan malvado?

Levantó la vista para preguntarle su opinión, pero su gemela había vuelto a sus preparativos para la fiesta. Era evidente que el tema empezaba a aburrirle.

VI

Lila puso un vaso de vino rojo en la mano de Jessica.

–Pruébalo –le dijo riendo–. Es francés y muy bueno. Cogí un par de botellas de la bodega de mi padre, pero estoy segura de que no se dará cuenta. Tiene muchísimas.

Jessica probó un sorbo. Se sentía muy elegante allí sentada, bebiendo vino en la mansión de los Fowler. Todo era elegante en Fowler Crest, desde el magnífico paisaje hasta la doncella uniformada que había recogido sus abrigos a la entrada. Hacía que la confortable casa de Jessica pareciera una barraca comparada con aquello.

–No puedo creer que tu padre te deje dar fiestas no estando él aquí –le dijo a Lila.

Lila frunció el entrecejo.

–Bueno... no le dije exactamente que iba a dar una fiesta. Sólo que iban a venir unos amigos. «Ojos que no ven corazón que no siente», ¿no? Además, la culpa es suya por no pasar más tiempo en casa. Si no estuviera tan ocupado corriendo por ahí con la señorita Dalton... Su voz se apagó mientras se acentuaba su ceño.

–Hablando de la señorita Dalton... –comenzó Cara.

–¿Quién *no habla* de ella? –la interrumpió Jessica con impaciencia–. Con franqueza. Ya estoy harta. ¿No podéis hablar de otra cosa?

Jessica se aburriría pronto de las cosas que no le atañían directamente. Al parecer las chicas del Pi Beta Alfa, el Club Femenino, al que pertenecían Jessica, Cara y Lila, no sabían hablar de otra cosa.

–¿Os habéis enterado de la noticia acerca de Ronnie y Enid? –susurró Cara la ver a Ronnie de pie junto a la chimenea. En su opinión, los cotilleos eran cotilleos, sin importar quien fuera el blanco.

–Conociéndote, seguro que lo habrás descubierto antes que la propia Enid –dijo Dana Larson camino del bar–. Le tendió su vaso vacío a Lila–. Para mí, solo Pepsi. Tengo que cuidar mis cañerías.

Dana era la vocalista de los Droids, la réplica de los Rollings Stones de la Escuela Superior de Sweet Valley. Tenían fama de ser bastante locos, pero, en conjunto, eso eran sólo imaginaciones. Pocos sabían lo que ocurría en los confines llenos de humo del sótano de Max

Dellon, donde celebraban los ensayos. Y en cuanto a Dana, era una chica bastante sensata a pesar de las extrafalarias ropas que usaba. Esta noche iba enfundada en unos pantalones de terciopelo negro, unos calentadores brillantes de color rosa y una blusa de satén morada.

Cara le dio con el codo en la cadera.

–Ronnie no parece muy contento. ¿Por qué no vas a animarle un poco?

–No, gracias, me reservo. –Se montó en un taburete y cruzó las piernas asegurándose de que el borde del dobladillo de su falda quedara encima de la rodilla para hacerse la interesante.

–Si te refieres a Bruce, olvídalo –dijo Lila–. No va a venir.

–¿Qué? –Jessica casi se cayó del taburete.

–Llamó a última hora para decirme que iba a hacer no se qué en el colegio. Ya conoces a Bruce, siempre anda detrás de mujeres mayores.

A Jessica el corazón se le cayó a los pies... en realidad encima de los zapatos de Elisabet que había cogido prestados. Después de todo el trabajo que se había tomado ¡Bruce ni siquiera tenía la decencia de aparecer! Estaba convencida de que, si él le diera la más mínima oportunidad, podría manejarlo a su antojo. En primer lugar, lo más difícil era hacerle ir allí. Se daba cuenta de que no iba a ser fácil, pero Jessica tampoco se desanimaba con facilidad. Ya estaba a medio camino... gracias a la carta de Enid.

Jessica sintió una ligera punzada de remordimiento al recordar lo disgustada que estaba Elisabet. Al fin y al cabo, ¿cómo iba a saber que le echaría la culpa a su hermana? En realidad, la culpa de todo la tenía Enid. La gente que deja las cartas por ahí tiradas para que todo el mundo las lea, se está buscando problemas.

–La chica que va a llevar al baile tiene *diecinueve* años –continuó Lila–. ¡No puedo creer que alguien *tan viejo* quiera ir al baile de una escuela!

Jessica apenas oyó el resto de lo que Lila estaba diciendo. Su mente había quedado atascada como un disco rayado en estas palabras: *«La chica que va a llevar al baile...»*

Se bebió de un trago la mitad de su vaso de vino, y se quedó sin aliento cuando le abrasó su garganta. Sin embargo, se negó a rendirse. La batalla aún no estaba perdida. Sólo requería nueva estrategia y más municiones.

–Esto no va a ser un baile *cualquiera* de colegio –dijo Dana–. Sobre todo, si se tiene el mejor conjunto...

Jessica abandonó la conversación. Con los ojos puestos en Ronnie, se bajó del taburete y fue derecha hasta su presa.

—Hey, rompecorazones —susurró, cogiéndole del brazo—. ¿Por qué no te animas? Se supone que esto es una fiesta. ¿No te lo pasas bien?

—Sí —miró su vaso—. Me lo paso estupendamente y en grande.

—Bueno, parece que estés en la fase terminal del aburrimiento. Vamos, conozco un remedio magnífico... bailemos.

—Gracias, Jessica, pero me parece que paso. La verdad es que no me apetece. Quizás más tarde.

Jessica abandonó su pose de vampiresa para cambiar de táctica.

—Quizá deberías haber traído a Enid —sugirió con voz dulce—. Es evidente que sin ella eres desgraciado.

—¡Enid! —parecía como si le acabasen de inyectar veneno—. No, gracias, preferiría salir con Benedict Arnold.

Jessica, con astucia, salió en defensa de Enid.

—No deberías ser tan duro con ella —le dijo—. Al fin y al cabo todos cometemos errores. Supongo que ella está arrepentida, estoy segura de que no hay razón para que la odies toda la vida.

—Sí, bueno, sé que Enid no está nada arrepentida. Tengo pruebas escritas. Alguien dejó en mi armario la copia de una carta que un tal George escribió a Enid.

Jessica fingió tranquilamente una absoluta inocencia.

—Lisa mencionó que George había estado escribiendo a Enid, pero ya sabes como son esas cosas —le dijo—. Cuando una está *implicada* de la forma que Enid lo estuvo con George, es difícil romper con facilidad.

—¡Ha estado escribiendo dos años a ese desgraciado!

—Ummmmm —concedió Jessica, tomando un sorbo de su copa como una dama—. Eso, desde luego, *no parece* muy leal. Pero recuerda, que las apariencias engañan.

—Oh, te entiendo, por supuesto —dijo Ronnie—. Escucha, Jessica, te agradezco lo que intentas hacer. Eres muy amable al tratar de ayudar a Enid, pero es inútil. Todo ha terminado entre nosotros.

—¿Y qué hay del baile? Enid ha sido nominada para reina.

—Debió pensarlo antes. Ahora es su problema, no mío. Estoy seguro de que no tendrá ninguna dificultad en encontrar a otro pobre tonto que la lleve.

—¿Y qué vas a hacer tú? —Jessica le dedicó una sonrisa rebosante de simpatía.

Él se encogió de hombros.

–Probablemente me quedaré en casa. Es demasiado tarde para que ahora consiga encontrar otra pareja.

–¡Vaya, qué coincidencia! –exclamó mientras se daba una palmada en la boca–. ¿Querrás creer que yo tampoco tengo pareja?

Varios chicos se lo habían pedido, claro, pero les dio calabazas a todos. Se había reservado para Bruce, pero ahora era demasiado tarde... todos tenían pareja. Y el baile era dentro de una semana.

–Puesto que *tú no tienes* pareja y *yo tampoco* –sugirió–, ¿por qué no vamos los dos juntos al baile?

Él la miró como si acabase de sugerirle que la llevase a cuestas a campo través.

–Yo, eh, caramba, Jessica...

–Sólo en plan de amigos, naturalmente.

–Entendido –convino él entonces.

–Bueno, no tiene sentido quedarse en casa cada vez más deprimido, ¿no te parece? –le preguntó.

–Supongo que no.

Ronnie parecía ligeramente aliviado, como alguien a quien un tornado ha dejado caer en un país extranjero.

Jessica le premió con su más radiante sonrisa y, cogiéndole del brazo, enlazó sus dedos con los de él para conducirlo a la zona donde se bailaba y donde varias parejas se movían al compás de la música.

-Oh, a propósito, Ronnie -le dijo-. Soy alérgica a las gardenias, pero *adoro* las orquídeas. No elijas una de color rosa... porque llevaré un vestido rojo.

VII

Al llegar al colegio el lunes por la mañana, Elisabet descubrió que su problema con Enid había sido relegado a segundo término, debido a un tema de conversación que se había ido extendiendo rápidamente durante la última semana.

Todo el mundo en la Escuela Superior de Sweet Valley hablaba del supuesto «romance» entre la señorita Dalton y Ken Matthews.

–No lo creo ni por un momento –le dijo Elisabet a Carolina Pearce, miembro del club femenino Pi Beta Alfa, después de la primera clase, delante del aula de francés.

Esperaban que llegase la señorita Dalton y abriese la puerta. Elisabet no recordaba que hubiese llegado nunca tarde. Pero la semana anterior todo lo concerniente a la señorita Dalton no funcionaba del todo bien. En clase estaba nerviosa y distraída. Elisabet observó sus grandes ojeras oscuras, como si no hubiese dormido bien.

—Me niego a creer que esté tonteando con Ken —continuó Elisabet—. No tiene sentido. ¿Por qué una persona tan sensata como la señorita Dalton iba a interesarse por un crío?

—Ken Matthews no es exactamente *un crío* —prosiguió Carolina, luego de atusarse sus impecables cabellos rojos. Aparte de Cara, era sin duda la mayor chismosa del colegio... y la única que no gozaba de las simpatías de Jessica ni de Elisabet—. Además, todo el mundo sabe quién le da clases particulares... La pregunta es, *¿qué* le estará enseñando?

—Es una ley de la naturaleza humana —intervino Olivia Davidson que trabajaba en el periódico con Elisabet y era conocida por sus opiniones liberales en todos los temas, desde la guerra nuclear a los alimentos organicos. Estos días defendía a ultranza los derechos de la mujer—. Una mujer no llega a su plenitud hasta los treinta años. Y entonces los hombres ya están quemados. De modo que, en realidad, tiene sentido, pensándolo bien. Aunque sigo sin poder imaginar a la señorita Dalton saliendo con Ken.

—¿Qué es lo que tiene sentido? —preguntó Lois Waller, una niña de cabellos enmarañados y gafas de cristales gruesos que le escurrían por la nariz mientras hablaba.

—Que una mujer mayor se sienta atraída por

un hombre más joven que ella –le informó Carolina.

–Es posible –dijo Elisabet–, pero sigo pensando que en este caso no es cierto. La señorita Dalton es nuestra profesora. Ella no haría una cosa tan falta de principios como esa, aunque lo deseara.

–La buena de Lisa... Eres *taaaaaan* ingenua. –Carolina arrastró las palabras–. De todas formas, eso es lo que lo hace tan perfecto. Es todo tan vulgar...

–He hablado con alguien que estuvo en la primera clase de francés de la señorita Dalton y dice que estaba preocupada, como si estuviera a punto de llorar o algo así.

–Tal vez haya muerto algún familiar suyo –sugirió Lois.

–O puede que estén a punto de echar a alguien –rió Carolina–. Mi padre juega al golf con el viejo decano y dice que es como Billy Graham en lo tocante a la moral de los profesores.

Guy Chesney, el teclista de los Droids, se detuvo delante de ellos con un bloc mugriento y un pedazo de lápiz que parecía haber sido mordido por un ejército de ratas. Sus ojos castaños tenían un brillo travieso.

–Estoy haciendo una encuesta –dijo–. Hasta ahora sólo son uno a tres en favor de la señorita Dalton, lo cual demuestra que la gente siempre se inclina a creer lo peor. A mí me encantan los rumores.

–¿Se ha molestado alguien en preguntar a la señorita Dalton si son ciertos tales rumores? –dijo Elisabet.

–¿Por qué iba a decírnoslo? –replicó Carolina, horrorizada ante la idea–. No es precisamente algo que quiera ver publicado en la primera página de *El Oráculo*.

Guy se rió.

–Me parece una gran idea. Apuesto a que vendería más ejemplares que *Playboy*. Hey, incluso podríais incluir una foto de la señorita Dalton con poca ropa.

Las cuatro chicas le miraron con expresión asesina.

–Está bien, está bien –retrocedió–. Era sólo una idea. Quiero decir que cualquier mujer con un cuerpo como el suyo... –Su voz se apagó al ver que estaba empeorando las cosas.

En aquel momento el objeto de su acalorada discusión hizo acto de presencia poniendo fin a los comentarios.

–*Bonjour*, clase –fue el saludo de la señorita Dalton mientras abría la puerta.

Parecía más seria que de costumbre y llevaba un par de gafas oscuras. Elisabet no la había visto nunca con ellas. Un estremecimiento de desasosiego recorrió su espina dorsal. Supongamos, sólo supongamos, que *fuera* cierto...

La señorita Dalton se quedó helada al entrar en el aula. Alguien había escrito en la pizarra con grandes letras mayúsculas:

SI NO SABES LO QUE ES
UN BESO APASIONADO,
PREGÚNTALE A KEN MATTHEWS

Elisabet se quedó sin aliento. Sentía náuseas. Pero su reacción no fue nada comparada con la de la señorita Dalton, que retrocedió como si hubiese recibido una bofetada, se echó a llorar y salió corriendo al pasillo.

Elisabet seguía disgustada por lo ocurrido en la clase de la señorita Dalton cuando se tropezó con Enid al finalizar la tercera clase, pero estaba decidida a poner punto final a este ridículo asunto de no hablarse mutuamente.

–Es inútil que me evites –dijo Elisabet al bloquearle el paso cuando ella intentaba esquivarla–. Enid, *tenemos* que hablar.

–No tengo nada que decirte, Elisabet Wakefield –replicó Enid con frialdad.

–Enid, tú eres mi mejor amiga. Yo *jamás* te traicionaría. Tienes que creer en mí. Te juro que no le dije a nadie lo de esas cartas.

–Y ahora me dirás que tu cuarto está lleno de micrófonos ocultos.

–¡No seas ridícula! –Elisabet empezaba a mosquearse–. ¿Por qué no puedes confiar en mí?

–*Confié* en ti, ¿recuerdas? Mira a donde me ha conducido. ¡Gracias a ti, mi vida entera está rota!

–Tal vez si yo hablase con Ronnie... –comenzó Elisabet desesperada por encontrar una solución para aquel mal trance.

La reserva glacial de Enid estalló en un repentino ataque de furor.

–¿Es que no has hablado bastante? –gritó–. ¿No puedes cerrar la boca de una vez?

Elisabet sintió que su rostro se quedaba sin sangre. Con un sollozo contenido, Enid se volvió en dirección contraria con la cabeza gacha para ocultar las lágrimas que escapaban de sus ojos.

–¡Hola, Lisa! –le gritó Cara desde el recipiente del agua donde lo único que había estado bebiendo era la discusión de Elisabet y Enid.

A la hora de comer todo el colegio sabía que Ronnie y Enid habían roto y que Elisabet tenía algo que ver. Entre la señorita Dalton y Enid, las chismosas de la Escuela Superior de Sweet Valley estaban en el paraíso.

–No te preocupes. –Jessica consolaba a su hermana cuando s sentaron sobre el césped para comer–. Tú has hecho todo lo que estaba en tus manos. Si Enid quiere mantenerse en sus trece, tú no tienes la culpa.

–Ojalá no me sintiera tan impotente –dijo Elisabet con tristeza mientras mordisqueaba una patata frita, a pesar de su falta de apetito.

–Quizá debería hablar yo misma con Enid –sugirió Jessica dulcemente.

–¿Tú? ¡Pero si no la puedes ver! ¿Por qué tú?

Jessica se hizo la ofendida.

–Caramba. ¡Perdona por respirar! Yo sólo trataba de ayudaros... pero no tienes por qué cortarme la cabeza. No me gusta verte así, Lisa. Y también porque Enid me da un poquitín de pena. La verdad es que Ronnie la tarta de mala manera.

–¿Hablarías con Enid? –El escepticismo inicial de Elisabet comenzó a derretirse al calor de la generosidad de Jessica.

–Claro que sí, si tú quieres.

–Bueno, supongo que eso no puede hacer ningún daño. Ahora está todo tan mal que nadie puede empeorarlo. –«Ni siquiera tú», añadió para sus adentros.

–Gracias por el voto de confianza.

–Ya sabes que no lo dije con esa intención,

Jess. –Elisabet se disculpó avergonzada por haber dudado de los motivos de su hermana. Era muy posible que hubiesen cambiado los sentimientos de Jessica respecto a Enid.

Jessica abrazó a su hermana desparramando patatas fritas por la hierba.

–Te perdono. ¿No lo hago siempre? Déjamelo a mí, Lisa. Te prometo que no te decepcionaré.

–Eso no será demasiado difícil, pues con Enid ya me he llevado la mayor decepción –replicó Elisabet con pesar.

–Bueno, ya conoces el refrán... cuando se llega al fondo, no puedes ir más que hacia arriba. –Jessica sonrió antes de dar un buen mordisco a su bocadillo de atún.

Elisabet esperaba que eso fuese verdad, aunque tenía sus dudas, Jessica tenía la habilidad de demostrar que los antiguos y reconfortantes refranes estaban equivocados.

Abrió la boca para decir algo, pero era demasiado tarde. Jessica había divisado a Enid que venía de la zona de aparcamiento y fue tras ella con la velocidad del rayo.

VIII

Era evidente que Enid no estaba de humor para hablar, pero Jessica no iba a permitir que una insignificancia como esa se interpusiera en su camino. Apresuró el paso al llegar junto a ella, impidiendo que Enid emprendiera la retirada.

–Sé como te sientes –le dijo Jessica con simpatía–. Bueno, la verdad es que a mí no me ha dejado nadie, pero *puedo imaginarme* lo que se debe sentir. ¡Tiene que ser horrible!

Enid apretó los labios.

–Estoy segura de que Lisa te ha puesto al corriente de los menores detalles. ¿Por qué no los publica en *El Noticiero de Sweet Valley*?

–Oh, vamos, Enid, no seas así. ¿Por qué no iba a contármelo Lisa? *Soy* su hermana. Estoy más cerca de ella que de ninguna otra persona en este mundo.

–Eso es evidente.

–No deberías ser tan dura con ella –insistió Jessica–. Estoy *segura* de que ella nunca quiso hacerte daño. Ya sabes como son esas cosas.

Enid se detuvo para mirarla.

—No, yo no sé como son esas cosas —repuso con frialdad—. Al contrario de muchas personas, yo no tengo la costumbre de apuñalar a mis amigas por la espalda.

—Te portas como si Lisa lo hubiera hecho a propósito. ¡Por amor de Dios! Estoy convencida de que ella no quiso decírselo a Ronnie. Probablemente se le escaparía.

—¿Qué se le escapó? ¿Es eso lo que ella te ha dicho? —Enid entrecerró los ojos.

—Bueno, uh, no exactamente, pero yo...

—¡Oh, basta! —exclamó Enid—. Deja de defenderla. ¡No hay excusa para lo que hizo!

—Si supieras lo disgustada que está Elisabet por todo lo sucedido.

—¿Y yo qué? *Soy yo* la que ha perdido a su novio, ¿recuerdas? ¡No me hables de disgustos! Lisa ni siquiera conoce el significado de esa palabra. Ella sigue teniendo a Todd y yo no tengo... nada. —A Enid se le quebró la voz al pronunciar la última palabra.

—Yo no diría eso, Enid. Todavía tienes a George.

—Es cierto. Aún tengo a George. Al fin y al cabo, los fuera de la ley hemos de mantenernos unidos, ¿no?

—Yo no iría tan lejos como para llamarte un

fuera de la ley, Enid –replicó Jessica con generosidad–. Seguro que cometiste algunos errores, pero no te preocupes, la gente no va a creer *todo* lo que Ronnie está diciendo de ti.

Enid se dobló ante los ojos de Jessica. Como un vestido que se escurre de la percha, se desplomó sobre un banco.

–¿Qué ha estado diciendo de mí Ronnie? –preguntó con voz ronca.

Jessica pasó su brazo sobre los hombros de Enid para consolarla.

–Creéme, mejor es que no lo sepas. Yo no podría *repetir* ni la mitad.

–¡Oh! –Enid escondió la cara entre las manos–. ¡Quisiera morirme!

–No es para tanto –le dijo Jessica–. Míralo por el lado bueno. Ahora ya no tienes que esconderte más. Debe de ser un alivio no tener que preguntarte sobre lo que hablará la gente de ti.

–Sí, ahora ya sé lo que dicen de mí –Enid se puso en pie lenta y dolorosamente–. Gracias, Jessica, sé que tratas de ayudar, pero puedes decirle a Lisa que lo olvide. ¡Aunque viviera doscientos años, jamás se lo perdonaría!

–Creo que cometes una equivocación, Enid –replicó Jessica.

La boca de Enid se curvó en una sonrisa amarga.

—Sí, pero bueno, no sería la primera vez.

En esta ocasión Jessica no hizo el menor esfuerzo por detenerla cuando salió corriendo. «Elisabet estaba mejor sin una amiga como Enid —pensó—. ¡Quién sabe los problemas que hubiera podido llegar a tener de seguir mucho tiempo con ella! En cierto modo les estoy haciendo un favor a ambas.»

Incluida ella misma.

¿Y por qué no? ¿No se merecía ser tan feliz como cualquiera?

Una sonrisa curvó las comisuras de sus labios. Puesto que Enid ya no seguía con Ronnie, posiblemente podría conseguir más votos para ser elegida reina. Ahora que Enid estaba fuera de concurso, Jessica casi podía sentir el delicioso peso de la corona sobre su cabeza.

—Ten cuidado, Bruce Patman —murmuró entre dientes—. ¡Allá voy!

—¿Por qué te ha llamado Ronnie Edwards? —preguntó Elisabet aquella noche a su hermana después de que ésta acabara de hablar por teléfono con él.

Elisabet estaba haciendo un trabajo sobre el *Julio César* de Shakespeare. «Oh, perdóname pedazo sangrante de Enid», copió inconscientemente. Borró el nombre de Enid y puso la palabra «tierra».

84

—Yo, ah, bueno... es mejor que lo sepas. —Jessica se sentó en la cama junto a ella—. Voy a ir al baile con Ronnie.

—¿Qué? —El bolígrafo de Elisabet cayó al suelo.

—No fue fácil convencerle. Estaba muy enfadado. Pero al fin lo conseguí.

—Jessica, ¿de qué diantres estás hablando? ¿Cómo has podido *pensar* siquiera en hacer una cosa así? ¡Eso acabará de aniquilar a Enid!

Jessica adoptó una expresión ceñuda.

—¿No lo entiendes? Lo hago *por Enid*. Sentí tanto haber metido la pata esta tarde que decidí hablar con Ronnie.

—¿Qué te dijo?

—Que todavía está muy enfadado, como te dije. Me di cuenta de que iba a ser muy difícil hacer que vuelvan a salir juntos.

—Pero decidiste intentarlo, ¿no?

—¿Qué otra cosa podía hacer? Desde luego él no iba a hacerlo por su cuenta, ni siquiera después de decirle lo disgustada que estaba Enid y todo eso.

—Él es quien tendría que sentirlo —musitó Elisabet.

—Así que supuse que la única solución para él era ver a Enid en el baile. Si consiguiéramos que bailasen un solo baile, estoy segura de que todo se arreglaría.

–El verdadero amor lo consigue todo –recordó Elisabet con escepticismo. Y aún se sentía más escéptica al intervenir su hermana, pero decidió no hacer preguntas–. No estoy segura de que sea la mejor idea del mundo. Quizá deberíamos dejar que lo solucionasen solitos. Además, dudo de que Enid quiera ir al baile, ahora que Ronnie rompió su compromiso.

–En ese caso tendrás que buscar la manera de convencerla. No quiero que nadie piense que voy al baile con Ronnie con fines egoístas. –Parecía horrorizada ante la idea.

Elisabet se ablandó ante la sinceridad del tono de su hermana.

–Lo siento, Jess –dijo–. Sé que tratas de ayudar.

–¡Lo hago *por ti*, Lisa! –exclamó Jessica, acariciando la mano de Elisabet con ternura.

–¿Y qué provecho saco yo de todo esto?

–He pensado que, si Enid y Ronnie vuelven a ir juntos, Enid ya no estará enfadada contigo.

–Ah, la niebla se disipa.

–No necesitas ser sarcástica... aunque sé que sigues furiosa conmigo por haber hablado hoy con Enid.

–Hoy me miró en clase de gimnasia y se echó a llorar –dijo Elisabet con tristeza–. Me sentí como una asesina o algo así. Jess, ¿*qué* le dijiste?

–No mucho, la verdad. En realidad fue ella la que más habló. ¡Dijo unas cosas horribles de ti, Lisa!

–¿Sí? –A Elisabet el corazón le dio un vuelco.

–¡Apenas podía dar crédito a mis oídos! Sabes, yo creo que siempre te ha tenido envidia, Lisa. Probablemente estaba esperando una excusa como ésta para volvese contra ti.

–Sé que Enid está furiosa conmigo, pero esto no es propio de ella.

–Bueno, *tú me lo pediste*.

–En ese caso, siento haberlo hecho.

–¡Ummmmmm! –Jessica ladeó la cabeza con disgusto–. Ésta es la última vez que trato de hacerte un favor.

Se levantó de la cama de un salto y tardó treinta segundos en registrar el armario de Elisabet.

–Te *podría* perdonar si me prestases tu bolso de abalorios para el baile –dijo.

–Ni lo sueñes. Tengo pensado llevarlo yo.

–Pero tú te pondrás el vestido verde. Va mucho mejor con el mío. Mamá puede prestarte el suyo dorado. Estoy segura de que no le importará. Quiero pedirte que pienses en el sacrificio que estoy haciendo. Por lo menos podrías apreciarlo.

Elisabet suspiró.

–Supongo que el bolso dorado *irá* mejor con el verde.

Jessica le tiró un beso al salir de la habitación.

–Tengo que llamar a Cara para que me diga qué se pondrá.

«Si Jessica me está haciendo un favor tan grande, ¿por qué tengo que ser *yo* la que se sacrifique?», se preguntaba Elisabet.

IX

Al día siguiente Elisabet se dio por vencida y decidió confiarse al señor Collins. Además de ser el supervisor de *El Oráculo*, Roger Collins se había convertido en una especie de «paño de lágrimas» extra oficial para los chicos que trabajaban con él. Claro que no parecía en absoluto un abuelo... sino más bien un Robert Redford algo más alto, en opinión de Elisabet, con sus ojos azules y sus hermosas y marcadas facciones. A veces le resultaba difícil no perder el hilo de lo que le estaba diciendo cuando hablaba con él.

–Ummm, parece que tienes entre manos cierto misterio –le dijo el profesor–. Primero debes averiguar por qué alguien quiso hablar a Ronnie de esas cartas.

–El motivo, ¿no? –La mente de Elisabet se puso en marcha–. El problema es que nadie sabía lo de esas cartas, aparte de mí.

–Eso es lo que Enid cree. Pero alguien más debe saberlo. ¿Qué hay de ese chico con el que se está carteando? ¿No tiene ningún amigo aquí en el colegio?

–Supongo que pudo habérselo dicho a Winston Egbert.

Ella sabía que habían sido amigos desde los cinco años, aunque Winston se mantuvo al margen de los problemas en los que George se había metido.

–Es una posibilidad. Pero aunque Winston lo supiera, no veo por qué tuvo que habérselo dicho a Ronnie.

El señor Collins sonrió.

–Estoy seguro de que no lo haría con mala intención, pero a veces las personas cuentan secretos para llamar la atención.

Winston tenía tendencia a soltar necedades, pensó Elisabet, pero tendría que haberse desviado mucho de su camino para contar a Ronnie lo de las cartas si ni siquiera era amigo suyo. No obstante, tenía que admitir que era una posibilidad, la mejor hasta el momento.

–Supongo que podría preguntárselo –dijo.

–Eso es tener sentido común. –El señor Collins le guiñó un ojo como si se le hubiera ocurrido a ella–. Estoy seguro de que saldrá por un lado o por otro, Lisa. Ahora Enid está dolida y, cuando la gente está dolida, tiene que hacérselo pagar a alguien. Y a menudo a los que más quieren.

–¿Y eso por qué?

–Porque la gente que queremos y que nos quiere son los que más tarde nos perdonarán cuando todo haya pasado.

Elisabet le miró mientras iba apareciendo una sonrisa en su rostro.

–¿Cómo puede ser tan inteligente, señor Collins?

Él se encogió de hombros.

–Recuerda que tengo unos años más que tú.

–Sí, abuelo –broméo Elisabet.

–Tantos, tantos, *no* –se rió–. Aún me queda mucho trecho por recorrer antes de que me jubilen. Además, ¿cómo ibais a funcionar vosotros, pandilla de ineptos, si yo no estuviera encima haciendo restallar el látigo?

–Probablemente convertiríamos este periódico en *El Cotilleo Nacional* –intervino Olivia al llegar con un montón de cartas que acababa de recoger del buzón exterior de la redacción–. ¡Sinceramente, debería usted leer parte de esta basura!

La expresión del señor Collins se ensombreció mientras examinaba algunas de las cartas que había dejado encima de su mesa.

–*Esto* –dijo señalando con su dedo una nota ofensiva– es lo que yo llamo chismografía maliciosa. Y lo peor de todo es que es totalmente infundada. Esta mañana he hablado con la señorita Dalton en la sala de profesores, y puedo aseguraros que está muy disgustada por todos estos chismorreos. Le están costando una enfermedad. De hecho la vi tan mal que le dije que se fuera a casa y descansara.

–He oído decir que incluso en su casa ha recibido algunas llamadas obscenas –dijo Olivia–. Cielos, yo en su lugar no sé qué haría. ¿Cómo puede soportarlo?

–De la mejor manera que sabe... no dándoles más crédito del que merecen. Yo creo que nosotros debemos hacer lo mismo. –Y con un sólo movimiento de su brazo arrojó a la papelera el montón de cartas que había reunido encima de su mesa.

Todo el mundo sospechaba que el señor Collins sentía un interés especial por la bella Nora Dalton, de modo que tenía doble motivo para que le disgustase lo que estaba ocurriendo.

«Por lo menos *él confía* en ella», se dijo Elisabet.

–Me pregunto cómo lo estará llevando Ken –comentó en voz alta.

–Nadie lo sabe –repuso Olivia–. Ha estado ausente desde hace dos días. Corre el desagradable rumor de que padece mononucleosis por con...

–¡Basta! –En un raro ataque de furor, el

señor Collins dejó caer un libro sobre su escritorio–. ¿Es que vosotras dos no tenéis nada mejor que hacer que hablar de esto?

Elisabet se ruborizó. El señor Collins tenía razón: la mejor manera de atajar los chismes era ignorarlos. Pero era más fácil decirlo que hacerlo cuando le afectan a uno.

Elisabet compadecía de corazón a la señorita Dalton y a Enid. Ella sabía demasiado bien lo que era que las conversaciones cesasen al entrar en una aula, y que la gente te mirase como si de pronto te hubieran brotado dos cabezas o algo así. La gente la trató de este modo cuando Jessica fue detenida en un bar de las afueras durante una pelea... y dejó creer a la policía que ella era Elisabet. Al día siguiente todo el colegio se burlaba a sus espaldas. Elisabet no olvidaría nunca lo desgraciada que se había sentido durante aquel tiempo.

Volvió a su trabajo de escribir su columna «Ojos y Oídos». Noticias sobre el próximo baile. Una historia sobre Winston Egbert y el error que cometió durante el examen de conducir al girar hacia una calle de dirección única. Al pensar en Winston, le vino a la memoria la última línea de la carta de George: «P.D. Saluda de mi parte a mi amigo Winston.»

¿Era Winston realmente amigo suyo? Elisabet estaba decidida a averiguarlo.

–Claro que sí, Lisa. Yo sabía que George había estado escribiendo a Enid. –Winston, sentado en las gradas, presenciaba los entrenamientos de baloncesto–. Pero nunca pensé que tuviera importancia. Ya sabes, como si Enid y él fuesen... fuesen... eh...

–Lo he entendido, Win. Tú sabías que Enid y George eran sólo amigos, ¿acierto? Que Enid lo único que intentaba hacer era ayudar a George.

–Sí, eso es –se relajó. A pesar de sus payasadas, Winston en realidad era muy tímido.

Ella aspiró con fuerza.

–Win, ¿por casualidad no le hablarías a Ronnie Edwards de esas cartas?

Winston la miró con extrañeza.

–¿Por qué iba a hacerlo? Yo apenas conozco a Ronnie. ¿Y, de todas formas, que tiene que ver él en esto? –Volvió su atención a la pista–. Hey, vigila ese lanzamiento por la derecha. ¡Adelante, Wilkins! –le gritó a Todd que le dedicó una sonrisa y le lanzó un beso a Elisabet. Incluso con su camiseta pegada al cuerpo con manchas de sudor, a Elisabet le pareció guapísimo.

–El caso es –continuó ella presionando– que *alguien* le dijo a Ronnie lo de las cartas, y Enid cree que he sido yo.

–¡Cielos, Lisa, eso es terrible!

–Dímelo a mí –suspiró ella.

–¿Qué vas a hacer?

–Lo que intento hacer es averiguar quién es el responsable.

–¡No creerás en serio que fui yo!

–Yo no creo que lo hicieras para hacer daño, Win. Pero pensé que tal vez se te hubiera escapado por casualidad o sin darte cuenta.

–No. Le prometí a George que no lo diría. Se imaginó que a Enid no le haría gracia que se supiera. Quiero decir que ahora ella es tan sensata y se porta tan bien. De todas formas, George es un buen chico. Ha cambiado por completo. Estoy deseando verlo cuando regrese.

–Parece que a él le sigue importando Enid.

–Claro que sí. ¿Para qué son los amigos? De todas formas, en mi opinión, un amigo no es alguien que va por ahí pregonando un secreto. Sé que todo el mundo piensa que abro demasiado la boca, pero sé mantenerla cerrada cuando llega el caso.

Elisabet miró a Winston con un nuevo respeto. Se daba cuenta de que estaba viendo un nuevo aspecto de él que pocas personas tenían la suerte de adivinar. Era una lástima que Jessica no lo viera como la persona sensible y respetable que era y no como un tonto enamorado de ella. En su opinión, era mucho mejor que el estirado Bruce Patman, que se paseaba en su ruidoso y flamante coche y cuyo comportamiento, por lo general, resultaba desagradable.

–Te creo, Win –le dijo mientras se inclinaba para besarlo en la mejilla.

–¡Hey, Egbert, ten cuidado! –le gritó Todd de buen talante desde su posición debajo de la canasta–. ¡Esa es mi chica!

Elisabet no pudo por menos de pensar que, si Engbert enrojecía más, podría pintarle una raya blanca en la frente para utilizarlo como señal de tráfico.

X

Todd alargó el brazo por encima de la mesa del Dairy Burger para enlazar sus dedos con los de Elisabet.

–Hey –le dijo–, no pareces muy contenta, y eso que esta noche vas a ir al baile con el tipo más fantástico de la Costa Oeste.

Ella se esforzó por sonreír.

–¿Es que Bruce Patman va a llevarme al baile?

Todd se echó a reír.

–Eso es lo que me gusta de ti, aunque estés hecha polvo, siempre sonríes.

–Esa soy yo... sonriendo por fuera y llorando por dentro. –Su sonrisa desapareció mientras hablaba–. Oh, Todd, ¿qué voy a hacer? Lo he intentado todo y Enid sigue sin dirigirme la palabra.

Recordó que el día anterior había ido a casa de Enid, después de las clases, con la esperanza de encontrarla sola y que Enid no pudiera esquivarla. Pero ni siquiera pasó de la puerta. La madre de Enid le explicó que no se encontraba bien y que no quería recibir visitas. ¡Visitas! ¿Desde cuándo ella era una visita? Se había marchado deshecha en lágrimas, tan ciega en su dolor que casi tropezó con el hermanito de Enid que entraba en el jardín con su bicicleta.

–Tú has hecho lo que has podido –le dijo Todd–. Si ella no quiere creer en tu inocencia, poco te queda por hacer.

–Aquí hay algo raro, Todd. Enid no es así. Jamás ha estado enfadada conmigo tanto tiempo. Conociéndola como la conozco, yo diría que alguien le ha estado contando mentiras de mí. ¿Pero quién iba a querer hacer una cosa tan terrible?

Todd se encogió de hombros al meterse una patata frita en la boca.

–Cualquiera que sea amigo tuyo de verdad no puede creer una sarta de mentiras... por lo menos por mucho tiempo. Si ella te aprecia de verdad, ya rectificará.

Elisabet suspiró.

–Ojalá tengas razón, Todd. Jess siempre dice que estoy mejor sin Enid, per la verdad es que la echo de menos.

–Yo no consideraría a tu hermana una experta mundial en amistades –dijo Todd–. Mira lo que casi nos hizo a nosotros.

Se refería a que Jessica había intentado manipularlo para que creyera que a Elisabet no le importaba y viceversa. Entre otras cosas, Jessica le indujo a creer que su hermana estaba demasiado ocupada saliendo con otros chicos para aburrirse con él. Y a Elisabet le fue con el cuento de que Todd había intentado propasarse, cuando todo lo que hizo fue darle un beso en la mejilla y, más bien, a la fuerza. Todd confió en Jessica hasta que la desenmascaró.

Elisabet defendió a su gemela.

–La intención de Jessica era buena. Ella quiere ayudar a Enid de verdad.

–No estoy tan seguro –le advirtió Todd–. De todas formas, tú debes dejarte llevar de tu instinto respecto a Enid, sin escuchar a Jessica.

–No estoy segura de poder fiarme de mi instinto. Todo esto me ha trastornado hasta tal punto que lo veo todo negro.

–Mientras veas diáfano el camino para ir conmigo al baile esta noche, todo irá bien. Olvídalo todo por esta noche y pasémoslo bien. ¿De acuerdo?

–Ojalá fuese tan sencillo. Ojalá no me sintiera tan culpable por pasarlo bien sabiendo que Enid se quedará en casa sintiéndose muy desgraciada. Quiero decir que, aunque sé que no es culpa mía, de todas formas me siento mal.

–Sé lo qué quieres decir –dijo él–. Es como

aquella vez cuando era pequeño y mi hermano se puso enfermo la víspera de Todos los Santos, y tuvo que quedarse en casa y yo me fui a buscar caramelos[1]. El caso es que no fue lo mismo. Parte de mí pensaba que debía haberme quedado en casa con él –sonrió–. Aunque él salió ganando porque terminé dándole casi todos mis caramelos.

–Celebro que lo entiendas, Todd. –Le acarició la mano–. Espero no estar demasiado deprimida esta noche.

–Eso demuestra lo bien que conoces mis gustos –dijo con ojos brillantes–. Casualmente me encantan las rubias deprimidas.

–¡Muchísimas gracias!

Elisabet le sopló la funda de una paja iniciando una guerra que fue escalando rápidamente para acabar con la victoria de Todd... trece fundas de paja contra ocho.

Una vez en la zona de aparcamiento la rodeó con sus brazos y depositó un beso en los labios que le ofrecía. El sabor de aquel beso era dulce y salado, una combinación de patatas fritas y batido de vainilla. Los besos de Todd eran una de las cosas que más le gustaban de él. Eran como Todd mismo... fuertes, pero muy dulces...

1. La víspera de Todos los Santos en Estados Unidos se celebra el día de las brujas. La gente se disfraza y los pequeños van a buscar golosinas por las casas.

Ojalá pudiera quedarse siempre así, entre sus brazos.

—¡Mamá dice que, si no limpiamos nuestras habitaciones, no iremos al baile! —Jessica irrumpió en la habitación de Elisabet con la noticia—. ¿Puedes creerlo? Eso es algo completamente *medieval*. Me siento como Cenicienta.
—¿Y eso tiene tanta importancia? —rechazó Elisabet— Queda aún mucho tiempo antes de que comencemos a arreglarnos.
—Para ti es fácil. Tu habitación está siempre tan asquerosamente limpia. Yo tardaré ciento treinta y siete años en limpiar *la mía* —se lamentó—. No es justo. ¿A quién le importa como está mi cuarto? Nadie entra que no sea yo.
—Y eso es casi nunca —añadió Elisabet—. Te pasas la mayor parte del tiempo en mi habitación, y además desordenándola. Con franqueza, Jess, una persona tiene derecho a un poco de intimidad, ya sabes.
—Ummmmm —gruñó Jessica mientras dirigía a su hermana una mirada extraña.

Aquellos últimos días había estado actuando de un modo raro y misterioso, pensó Elisabet. ¿Qué es lo que estaría tramando? Con Jessica, nunca se sabía.

Cuando Jessica desapareció, Elisabet se

puso a ordenar las pocas cosas que estaban fuera de su sitio en su habitación, en su mayoría libros y papeles. Siempre estaba escribiendo en un lugar u otro y, en consecuencia, había cuadernos y páginas escritas a máquina esparcidas por el suelo. Cuando se agachó para recoger un bloc, vio un trozo de papel de carta azul que asomaba por debajo de la cama.

¡Una de las cartas de George!

Al darse cuenta de que debía llevar allí mucho tiempo sintió náuseas y una aprensión en el estómago. Cualquier pudo entrar y verla.

No, *cualquiera* no.

Sólo una persona, aparte de su madre, podía haber entrado en su habitación: *Jessica*.

De pronto todo quedó terriblemente claro. Estaba segura de que su hermana había leído la carta y luego se la contó a Ronnie. Eso explicaría el extraño comportamiento de Jessica durante la última semana. Elisabet conocía lo bastante bien a su hermana para hacerse una idea del por qué se lo dijo. Nadie ni nadie iba a interponerse en su camino para ser coronada reina, Enid incluida.

Temblando de rabia, dobló la carta antes de guardarla en un cajón. En aquel momento estaba tan furiosa con Jessica que la hubiera estrangulado.

XI

—¡Enid! —La sorpresa se reflejaba en las pálidas facciones de Nora Dalton cuando abrió la puerta de su apartamento y se encontró enfrente a Enid—. ¿Qué estás haciendo aquí?

—Yo... espero no molestarla, señorita Dalton —dijo Enid vacilante—, pero la verdad es que tengo que hablar con usted, y como no va por el colegio... —Su voz se apagó al reparar en la inusitada visión de una señorita Dalton en bata a media tarde.

—Claro que no me molestas. Es sólo que... —se tocó sus cabellos negros y lacios como si intentase recordar si se los había peinado—. No esperaba tener compañía. Tendrás que perdonarme por recibirte así. Pero hace un par de días que no me encuentro muy bien.

—Yo, er... oí decir que estaba usted enferma. Siento mucho molestarla.

Enid enrojeció sintiéndose terriblemente violenta. Ella estaba tan absorta en su propio poblema que no tuvo en consideración lo que su profesora debía estar sufriendo en manos de los que la criticaban en la Escuela Superior de Sweet Valley.

–Tú no me molestas, Enid. Pasa. Celebro que hayas venido.

Nora Dalton estaba más pálida y más delgada que la última vez que Enid la había visto. Y tenía manchas oscuras debajo de los ojos. Se sentaron en la sala de estar al sol tibio de la tarde y allí Enid contó su historia. Hablar con su madre le resultaba difícil después del divorcio... «Mamá ya tiene bastantes problemas para que tenga que cargar con los de sus hijos», pensaba Enid. Pero siempre se sintió dispuesta a confiar en la señorita Dalton, como en una especie de hermana mayor. Los tres días que había estado ausente le parecieron a Enid los más largos de su vida.

–Probablemente soy la última persona que debiera aconsejarte sobre esto –le dijo pausadamente la señorita Dalton–. Pero sé muy bien cómo te sientes. No es fácil ser condenada sin un juicio, ¿verdad?

–Lo peor de todo es saber que tu mejor amiga te ha traicionado.

La señorita Dalton movió despacio la cabeza.

–Yo aún no puedo creer que Lisa hiciera una cosa así.

–¿Quién si no pudo ser?

–No lo sé, pero debe haber otra explicación. ¿Por qué Lisa iba a querer herirte si es tu mejor amiga?

–Tal vez sea como dijo Jessica. Que se le escapó sin querer. Pero ella sabía lo importante que era para mí el que nadie lo supiera. Eso es lo que me duele. Es como si mis sentimientos no importaran para nada.

–¿Y qué dice Lisa a todo esto? –le preguntó la señorita Dalton. Sus ojos color miel estaban llenos de simpatía.

–Ella lo niega, claro.

–¿Has considerado la posibilidad de que te esté diciendo la verdad?

Enid miró la alfombra.

–Yo... yo supongo que estaba demasiado enfadada para escucharla.

–Pues deberías escucharla, ¿sabes? Nadie puede ser condenado sin tener todas las pruebas. Si no confías en Lisa, ¿no estás haciendo lo mismo que Ronnie hizo contigo?

–No lo había pensado –dijo Enid avergonzada.

–Habla con Lisa. Estoy segura de que ella comprenderá. Ella sabe lo disgustada que debes estar. A veces las personas no piensan con claridad cuando se sienten heridas.

Enid tuvo la sensación de que la señorita

Dalton sabía muy bien por lo que estaba pasando. El último rumor que circulaba por el colegio era que el padre de Lila había roto con ella.

–Dudo de que Lisa quiera hablar conmigo –dijo Enid–. Últimamente no he estado precisamente amable con ella.

–Yo creo que nunca es tarde para decir que lo sientes mucho en una situación como ésta, Enid.

Enid echó los brazos al cuello de su maestra en un impulso incontenible.

–¿Sabe una cosa? De pronto me siento como si pesara menos. Aunque no tengo pareja para el baile –terminó con una nota de pesimismo.

–¿Entonces, por qué no vas sola? –le sugirió la señorita Dalton–. El que no tengas pareja no es razón para quedarte en casa. Muchas chicas y chicos van sin pareja. Mantén la cabeza bien alta, eso es lo que importa. Incluso puedes sorprenderte a ti misma y pasarlo en grande.

–¿De veras cree que debo ir?

–¡Naturalmente que sí! Yo misma iría contigo si no fuera por... –se interrumpió. Era evidente que se sentía incómoda al discutir con Enid su propio problema.

–¡Oh, señorita Dalton! –exclamó Enid–. ¡Es tan injusto! ¡Aborrezco que la gente diga esas cosas de usted!

–Enid –dijo con voz entrecortada–. No debería decirte esto, pero he estado pensando muy en serio en presentar mi dimisión. He hablado con el señor Cooper sobre esto y él...

–¡No! –Enid se puso en pie de un salto en un arranque de indignación–. No puede. ¡No puede renunciar! ¿Qué hay de todo lo que acaba de decirme? ¿Cómo espera que yo mantenga la cabeza alta si usted no hace lo mismo?

La señorita Dalton la miraba confusa.

–Tú no lo comprendes, Enid. No es lo mismo.

–¿Por qué no? Ambas hemos sido acusadas de algo que no hemos hecho. ¿Dónde está la diferencia?

Todas las lágrimas que Enid había estado reprimiendo resbalaron ahora por sus mejillas. Se levantó y recogió su chaqueta. De repente tenía la impresión de que la señorita Dalton la había abandonado.

–Huir, es huir... ¡No importa la excusa que dé! –exclamó Enid mientras iba hacia la puerta como una sonámbula.

Y se fue antes de que la señorita Dalton pudiera replicar.

Sonó el timbre cuando Enid se estaba aplicando la última capa de esmaltes en las uñas.

Estaba tan nerviosa que el ruido la sobresaltó hasta el punto de volcar la botellita sobre su tocador en el que se formó un charco rosado.

–¡Maldita sea! –exclamó.

Estuvo a punto de echarse a llorar otra vez, pero ahora estaba decidida a contener sus lágrimas. Había pasado la última media hora maquillándose y no iba a permitir que nada se lo estropease.

Con los dientes apretados se dirigió a su imagen reflejada en el espejo:

–¡Vas a pasarlo bien en el baile aunque te mueras, Enid Rollins!

–¡Enid! –Su madre asomó la cabeza por la puerta de su cuarto–. Hay alguien que quiere verte.

–¿Quién?

Enid no podía imaginar quién sería a aquella hora. Eran casi las ocho. Elisabet debía estar muy ocupada arreglándose para el baile. La única otra persona en la que se le ocurrió pensar era...

–¡Ronnie!

Se puso en pie. El corazón le latía al galope.

–Me temo que no, querida. Pero no creo que sufras una desilusión cuando veas quién es.

La señora Rollins meneó la cabeza con una sonrisa misteriosa.

Enid bajó volando la escalera sin darse cuenta de que había olvidado ponerse los zapatos. Se detuvo en seco al llagar a la sala de estar.

–¡George! –exclamó sin dar crédito a sus ojos.

Aquél no podía ser el mismo George Warren que había visto por última vez hacía dos años. El chico que tenía delante era por lo menos un palmo más alto. Una torre de músculos bronceados rematados por una sonrisa blanca y fascinadora y los ojos más atractivos que jamás la hubieren hipnotizado. Vestía traje y corbata que le hacían aún más irresistible. Avanzó como en trance y estrechó la mano que le ofrecía.

–Sé que debía haber llamado primero –dijo con una profunda voz de barítono–, pero tenía miedo de que no quisieras verme. No lo hubiese soportado, Enid.

–Yo... yo... me alegro de que hayas venido, George –tartamudeó cuando al fin volvió a ser dueña de sí–. Oh, George, no puedo creer que seas *tú*. ¡Cómo has cambiado!

–Tú también –rió–. Y además para bien. Te recuerdo cuando eras una niña esquelética con un flequillo que te caía sobre los ojos.

–Y alambres en los dientes –dijo Enid–. No olvides los alambres.

–¿Cómo podría olvidarlos?

Se rieron los dos. Al cabo de unos minutos charlaban como si acabaran de verse el día anterior. Más asombrosa que su transformación física, era el cambio en su personalidad. Enid estaba asombradísima. Ya no existía el muchacho amargado y resentido que culpaba al mundo de sus problemas. George era ahora un joven responsable, buen estudiante y, según informó a Enid para su deleite, había sido aceptado en la Universidad de Sweet Valley para el próximo semestre.

Claro que ella sabía por sus cartas que había cambiado, pero no lo había captado hasta este momento. Además, ¿cómo podía adivinar por sus cartas lo atractivo que era ahora? Enid no podía dejar de mirarle.

—Escucha Enid —dijo George, tomando su mando con la suya grande y cálida—. Acabo de hablar con Winston y me ha contado todo lo que ha sucedido. Quiero que sepas que siento de veras que mis cartas te hayan ocasionado problemas.

—¿Problemas? —Enid olvidó que los hubiera tenido jamás. La eléctrica sensación que le producía su contacto le subía por el brazo haciendo vibrar todo su cuerpo.

—Y en cuanto a las cartas —continuó él—, tengo que decirte que son lo único que me dieron ánimos al principio cuando las cosas me iban muy mal. En ellas podía ver lo mucho que habías cambiado y eso me inspiró de verdad. Tú creíste en mí cuando ni siquiera yo podía tener confianza en mí mismo. Supongo que por eso quería verte: para darte las gracias personalmente.

–¿Para darme las gracias? –Enid se daba cuenta de que empezaba a parecer un loro, pero cuando se miraba en aquellos ojos grises tan claros, cualquier respuesta inteligente se le esfumaba.

–Sí, y para pedirte algo –carraspeó–. Sé que es muy tarde ya, pero Winston me dijo que tu novio rompió su compromiso para llevarte al baile y yo me pregunto...

Enid recuperó la voz de repente, fuerte y diáfana.

–Ronnie no es mi novio –le interrumpió–. Y a decir verdad no creo que lo haya sido nunca. Y sí, George, *me encantará* ir al baile contigo.

Él sonrió abiertamente.

–Al verte con este vestido, estaba seguro de haber llegado tarde. Imaginé que algún otro chico afortunado se me había adelantado.

–Tú también estás muy elegante –observó mientras admiraba sus pantalones bien planchados y su blazer oscuro–. ¿Por qué tan vestido?

–Pues verás. Yo esperaba que, cuando echases un vistazo a un tipo tan pulcro y peripuesto como yo, considerases una pena desperdiciarlo.

Le entregó una cajita blanca de floristería que había escondido a su espalda. Dentro había una orquídea blanca adornada con un lazo color violeta.

–¡George... eres un mentiroso! –Los ojos de Enid se llenaron de lágrimas a pesar de que estaba sonriendo–. ¡Tú sabías que no tenía pareja!

–¿Y qué diferencia hay? Ahora la tienes. ¿No es eso lo que importa?

Cuando llegaron a la puerta de la calle, George miró hacia el suelo y se echó a reír.

–¿Qué es lo divertido? –preguntó Enid.

–¿No has olvidado algo? –repuso él.

Enid se miró los pies.

–¡Mis zapatos!

–No importa, me gustas descalza.

George la rodeó con sus brazos para besarla muy suavemente. Sus labios eran dulces y cálidos y una oleada de placer recorrió su espina dorsal. La mano de George se posó en su nunca para acercarla más a él y besarla mejor.

En aquel momento Enid hubiera andado descalza sobre brasas ardientes para ir al baile con George.

XII

–Bueno, ¿qué tal estoy?

Jessica dio una vuelta delante de su hermana. Estaba preciosa con un vestido de seda roja, cinturón ancho y sandalias negras de tacón alto. Unos pendientes largos de diamantes falsos colgaban de sus orejas. Parecía salida de las páginas de la revista *Cosmopolitan*... que era exactamente lo que pretendía.

–Estás muy *sexy*, si es eso lo que quieres saber –comentó Elisabet que apenas levantó los ojos de la tabla donde acababa de planchar el volante de la falda de su vestido, algo menos sugestivo que el de su gemela–. ¿Estás segura de que Ronnie podrá resistirlo?

–Por amor de Dios, hablas como si Ronnie fuese mi novio –Jessica suspiró–. Ya te *dije*, Lisa, que sólo lo hago como un favor a Enid.

–Sí, es verdad... dijiste algo así.

Elisabet presionó la plancha con fuerza sobre el volante, imaginando que aplastaba la cabeza de Jessica.

–La verdad Lisa, desde hace un par de horas estás muy rara –observó Jessica, entrecerrando sus hermosos ojos maquillados con sombra azul turquesa–. ¿Qué es lo que te pasa?

–Nada, absolutamente nada. ¿Qué podría pasarme?

–Pues, no lo sé, pero me has estado mirando como si fuera el Estrangulador de Boston o algo por el estilo. ¡Me pones nerviosa! ¿Estás enfadada conmigo?

–¿Enfadada? ¿Por qué habría de estar enfadada *contigo*, Jess? –dijo Elisabet con amabilidad–. ¿Es que acaso algo te remuerde la conciencia?

Jessica frunció el entrecejo mientras sus uñas recién pintadas tamborileaban sobre el tocador.

–¿Por qué habría de remorderme? No he hecho nada malo.

–En ese caso no tienes por qué preocuparte.

–Sinceramente, Lisa, a veces no sé lo que te pasa. ¡Yo creo que deberías estarme eternamente agradecida por todos los sacrificios que hago!

–Oh, lo estoy, lo estoy. Y ando buscando la manera de demostrarte mi reconocimiento por todo lo que has hecho.

–¿De veras? –Jessica se animó.

–Claro. Quiero que tengas tu merecido.

–Eres un encanto, Lisa. Retiro todas esas cosas desagradables que he dicho. –Volvió a admirar su imagen en el espejo de cuerpo entero–. ¿Qué te parece.. me recojo el pelo o lo dejo suelto?

–Es mejor que lo dejes suelto; de lo contrario tendrás problemas cuando te coronen.

–¡Oh, Lisa! –gritó–. ¿De veras crees que lo conseguiré?

–¿No consigues siempre lo que quieres?

–Ojalá lo consiga esta noche. He estado deseando salir con Bruce Patman desde que estábamos en primer grado. Ésta es mi gran oportunidad. Por fin. ¡Oh, deseo tanto que llegue el momento!

–Yo de ti no me haría demasiadas ilusiones. –Elisabet desenchufó la plancha–. Ya sabes, recuerda el cuento de la lechera.

–Eso díselo a Winston Egbert. Mira que haberse presentado para rey... La verdad es que no sé como le han nominado siquiera...

–Oh, no lo sé. Pero creo que Winston puede ser un rey fantástico para alguna chica afortunada.

Jessica arrugó la nariz.

–¡Uf! Más bien un bufón. –Se dirigió hacia la puerta, dejando una estela de perfume–. Vamos, Lisa, ¿quieres darte prisa? ¡Nuestras parejas estarán aquí de un momento a otro!

Sería la primera vez en sus vidas que Jessica estuviera lista a tiempo y Elisabet no. Por lo general era al revés. Jessica hacía esperar a todo el mundo. Según su modo de pensar, nada empezaba de verdad hasta su llegada. De manera que... ¿para qué correr?

–Ya voy, ya voy –murmuró Elisabet mientras una sonrisa ladina iluminaba sus facciones inocentes. Era la primera sonrisa auténtica que lograba esbozar en toda la semana. Estaba a punto de dar una lección a su hermana que tardaría mucho en olvidar.

El gimnasio del colegio, transformado en el país de las hadas por las diminutas luces y la rillante decoración, estaba repleto cuando Elisabet y Jessica llegaron a las ocho y media con Todd y Ronnie.

La pista de baile estaba abarrotada de parejas que se movían al ritmo de la música bajo los reflejos de una esfera gigantesca cubierta de espejitos que colgaba del techo. Los Droids estaban en pleno auge y Dana cantaba un tema ligero de Linda Ronstadt.

–Estoy deseando que empiece la votación –le susurró Jessica a Elisabet.

–Yo también –repuso Elisabet y se preguntó si su hermana estaría tan impaciente por ganar si supiera lo que le esperaba.

Elisabet divisó a Carolina Pearce, con un vaporoso vestido de organdí rosa que le daba aspecto infantil y que no estaba nada de acuerdo con su pelo, y se acercó a ella como por casualidad para susurrarle algo al oído. Carolina sonrió abriendo mucho los ojos. En cuanto Elisabet se alejó, Carolina se puso a hablar con la persona que tenía a su lado.

Elisabet supuso que no tardaría mucho en correr la voz, ahora que lo había dejado en manos de Carolina.

Elisabet estaba bailando con Todd cuando el alboroto que se armó a la entrada la sacó de su trance maravilloso. Alargó la cabeza para ver a qué era debido y vio a la señorita Dalton que avanzaba entre la multitud con la cabeza bien alta.

–Me preguntaba si vendría –dijo Elisabet–. Vi su nombre en la lista de invitados pero supuse que estaría demasiado enferma todavía para venir.

–Parece que se ha recuperado milagrosamente –observó Todd con admiración.

Lo cierto es que la señorita Dalton nunca había estado tan bella. Llevaba una falda larga de terciopelo y una blusa de estilo antiguo con muchas alforzas y volantes. Su peinado era perfecto y se había prendido una rosa de seda detrás de la oreja. Era evidente que se había esforzado por estar lo más guapa posible.

–Hey, señorita Dalton... ¿dónde está Ken? –dijo una voz mal intencionada.

Ella se detuvo. Elisabet contuvo la respiración sin saber qué haría su profesora, pero su única reacción tras aquella duda momentánea fue sonreír aún más. Siguió avanzando hasta la mesa de los refrescos donde fue saludada calurosamente por los otros profesores y, en especial, por el señor Collins.

La tomó de la mano y le susurró algo al oído. La señorita Dalton y los dos se dirigieron a la pista de baile cuando los Droids iniciaban una pieza lenta.

Elisabet exhaló un suspiro de alivio y felicidad.

–Parece que lo va superando, después de todo.

–La gente seguirá hablando –observó Todd.

–Se cansarán más pronto o más tarde y se dedicarán a hablar de otra cosa.

–Espero que no sea de *nosotros* –se rió.

–No tengas miedo. ¿Qué iban a decir? Somos demasiado aburridos. Todo lo que hacemos es cogernos de la mano y darnos algún que otro besito.

–A mí no me parece tan aburrido.

Los brazos de Todd rodearon el talle de ella

mientras sus labios rozaban el lóbulo de su oreja.

—A propósito —preguntó Elisabet en voz alta—, ¿dónde *está* Ken? No le he visto. No seguirá enfermo, ¿verdad?

—¿Quieres decir que no te has enterado?

—Hay tantos rumores, que ya no sé qué pensar.

—Bueno, yo mismo hablé con Ken. Tenía que venir al baile con Lila Fowler, pero cuando descubrió que había sido ella quien inició los comentarios sobre la señorita Dalton, la dejó plantada.

—¿Lila inició el rumor?

—Según Cara sí, pero yo no diría que Cara fuese una fuente de información fiable.

—Si es cierto, yo diría que Lila recibió su merecido.

«Como alguien que está a punto de tener lo que se merece», pensó Elisabet al ver a su hermana flirteando con Bruce Patman.

Elisabet no podía dar crédito a sus ojos cuando, al volverse, vio a Enid rebosante de excitación, con las mejillas sonrosadas y los ojos brillantes del brazo de un chico guapísimo. Llevaba un vestido color malva sin tirantes que realzaba su figura a la perfección. Se había peinado el cabello hacia atrás recogido con dos peinetas de nácar. La impecable blancura de la flor que George le regalara competía con su radiante sonrisa. Lisa nunca la había visto tan bonita.

Hubiera deseado correr hacia ella y preguntarle qué había ocurrido y con quien iba, pero contuvo su impulso. ¿Y si Enid le daba un chasco delante de todo el mundo? Todos miraban a Enid y su espectacular pareja mientras se dirigían a la pista de baile. Elisabet no iba a correr el riesgo de que Enid la humillara. No obstante, hubiera dado cualquier cosa por hablar con ella y dejar las cosas como estaban antes de que Jessica lo estropease todo.

Todd había ido a la mesa de los refrescos en busca de ponche, cuando Elisabet observó que Enid caminaba hacia ella. Su pulso se aceleró. ¿Estaría aún enfadada con ella? Sintió calor en las mejillas mientras Enid se acercaba. Enid no sonreía, sino que parecía estar tensa.

–¿Lisa? –Enid le puso la mano en el brazo con timidez–. ¿Podemos hablar? Sé que estarás furiosa conmigo y con toda la razón, pero... pero quiero que sepas lo arrepentida que estoy por mi comportamiento.

–¿*Tú* estás arrepentida? –Elisabet estaba atónita.

–La verdad es que nunca creí que tú fueras la responsable de que Ronnie averiguara lo de las cartas. Por lo menos en el fondo de mi corazón. Supongo que estaba furiosa y te lo hice pagar a ti. Me equivoqué. Sé que tú jamás me harías daño, Lisa.

Los ojos de Elisabet se llenaron de lágrimas al abrazar a su amiga.

–¡Oh, Enid, cuanto me alegro! ¡Tenía tanto miedo de que no volviéramos a ser amigas!

–Estamos unidas por el auricular, ¿recuerdas? –Enid se rió. Se refería a las sesiones maratonianas por teléfono. En sus ojos también brillaban las lágrimas–. Me alivia tanto que ya *no estés* enfadada *conmigo*, Lisa. Temía que nunca volverías a dirigirme la palabra.

–¿Cómo no te iba a hablar cuando me muero de ganas de averiguar quién es ese chico tan fantástico que te acompaña? Enid, *¿qué ocurre?*

Enid sonrió con expresión soñadora. A toda prisa le puso al corriente de lo que había ocurrido.

–George es muy especial –dijo–, y no sólo en apariencia. Sé que cuando esté con él no tendré que fingir nunca que soy lo que no soy. Tenías tanta razón Lisa... la sinceridad es lo mejor. No creo que me hubiera entendido con Ronnie, aunque nadie le hubiese dicho lo de las cartas.

–Pero subsiste el hecho de que *alguien* se lo

dijo –repuso Elisabet–. Y casualmente ya sé quien fue.

–¿Quién?

–No puedo decírtelo, pero quiero que sepas que la persona responsable no escapará sin recibir su merecido.

Enid meneó la cabeza con asombro ante el giro que habían tomado las cosas. Una semana antes hubiera querido estrangular al responsable del fin de sus relaciones con Ronnie. Ahora ya no le importaba. En parte por George y en parte porque su charla con la señorita Dalton le había hecho comprender que una relación que no se basa en la sinceridad y la confianza no era absolutamente nada. Y lo mismo la amistad. Los amigos han de tener confianza mutua, aún cuando las cosas se compliquen.

–¿Sabes una cosa? –dijo Enid–. Debería estar agradecida a quien me hizo esto. La verdad es que al final me ha hecho un favor.

–Enid, ¿no te parece que eres *demasiado* generosa?

–No, lo digo en serio. Si no hubiera roto con Ronnie, nunca me hubiera dado cuenta de su estrechez de miras. Y –añadió con un brillo en los ojos–, tampoco estaría aquí con George.

Elisabet abrazó a su mejor amiga.

–¡Oh, Enid, me alegro tanto por ti! ¡Espero que sepa que se lleva una chica estupenda!

–Él es *mejor* –replicó Enid–. Ya he terminado de pedir perdón. Los errores que cometí en el pasado se terminaron. Aprendí de ellos y eso es lo que cuenta.

–¡Hey, si habéis terminado de hablar quisiera hablar con Cenicienta! –George las interrumpió al aparecer ante ellas con una copa de ponche en cada mano. Sin apartar los ojos de Enid, le entregó su copa a Elisabet.

Enid rió satisfecha mientras él la rodeaba con sus brazos.

–Lisa, quiero presentarte a mi Príncipe Azul. Le tiene manía a los zapatos, ya ves.

–En realidad –dijo George esforzándose por no reír–, lo que me vuelve loco de ella es su caligrafía. Aunque es un poco rara, escribe unas cartas maravillosas.

Enid se hizo la ofendida.

–¿Es eso todo lo que soy para ti? ¿Un corresponsal?

–¿Qué te parece? –George se volvió hacia Elisabet con una mirada traviesa–. ¿Debo cambiar mi pluma y mi papel por esta personita?

–Yo te pondré mi sello de aprobación. –Elisabet se rió.

Cuando George y Enid salieron a bailar, Elisabet pudo darse cuenta de que mucha gente les miraba. La verdad es que Enid nunca estuvo tan bonita. Y George la convertía en la envidia de todas las chicas que estaban allí. Incluso Jessica apartó sus ojos de Bruce el tiempo suficiente para mirarlo con detenimiento. Ronnie era el único que no estaba contento. Miraba ceñudo a George y Enid como si quisiera asesinarlos.

«Enid jamás será reina si depende de él», pensó Elisabet. Aunque no creía que a Enid se le rompiera el corazón si perdía.

–Están votando –Jessica se acercó corriendo para susurrarle al oído–. Oh, Lisa, ¡no sé si podré soportar esta incertidumbre!

XIII

Un silencio expectante se hizo en el gimnasio cuando los resultados de la votación eran entregados a Ronnie, quien, de pie en el estrado, iba a anunciar a la nueva reina.

–Por aplastante mayoría –voceó por el micrófono–, la ganadora es...

Algunas personas miraban a Enid sin duda preguntándose si habría ganado por casualidad.

–¡Jessica Wakefield!

–¡No puedo creerlo! –gritó Jessica como si no lo hubiera sabido en lo más recóndito de su ser que iba a ganar.

Sentía la radiante sensación de ver reconocido su talento. ¡Había trabajado tanto para lograrlo! ¡Ahora todo sería suyo! La corona, el chico que adoraba... ¡todo!

Incluso así contuvo la respiración cuando Ronnie se inclinó sobre el micrófono para anunciar el nombre del rey. «*Tiene* que ser Bruce», se dijo. Todo el mundo sabía que era el chico *más mono* del colegio. Ningún otro podía compararse con él. Miró hacia donde estaba de pie, apoyado contra la pared, hablando al oído de su pareja como si no le importase ganar o no. ¿Cómo podía ser tan increíblemente adorable?

La voz de Ronnie vibró a través del micrófono mientras leía los resultados de la votación anotados en una hoja de papel.

–Bien, amigos, ¿estáis preparados? ¡Un redoble, por favor!

Emily Mayer, el batería de los Droids obedeció mientras Jessica se humedecía sus labios resecos. El redoble del tambor resonaba como los latidos de su corazón.

«¡Oh, por favor, que gane Bruce!»

–Nuestro nuevo rey es...

«Por favor, por favor...»

–¡Winston Egbert! Enhorabuena, Win, estés donde estés.

Un fuerte vítor, surgido de algún lugar entre la multitud, anunció el paradero de Winston.

Jessica escuchaba sin poder dar crédito a sus oídos. ¡No era posible! Aquello no le estaba ocurriendo a ella. El corazón dejó de latirle al darse cuenta de su significado.

«Tendré que estar con Winston durante el resto del semestre en todos los acontecimientos importantes del colegio», pensó.

Su sueño de deslizarse por la pista de baile

en brazos de Bruce Patman se desvaneció bajo una nube de furor. ¡Vaya, ella no iba a soportarlo! Renunciaría a la corona. Que otra cargara con Winston. Y toda la culpa era de Enid y sus estúpidas cartas. ¡Que Enid fuese la reina!

–¡Enhorabuena, Jess! –gritó Cara, dándole un fuerte abrazo–. Sabía que ganarías. Lo sabía. ¿No estás contenta? ¿No estás como en éxtasis?

–Estoy tan extasiada que quisiera morirme –gimió Jessica–. ¿No te das cuenta? ¡El gran baile de la discoteca será dentro de tres semanas y yo tendré que ir con Winston Egbert! –Casi se echó a llorar–. Estaba tan segura de que Bruce sería el rey. Ahora él irá con otra. ¿Cómo puede ocurrirme *a mí* algo tan espantoso?

Cara estaba confundida.

–Pero yo creí que querías estar con Winston. Todo el mundo anda diciendo que estás loca por él. A mí me pareció un poco raro puesto que sé lo mucho que te gustaba Bruce. Pero reconócelo, Jess, ya sabemos que has cambiado de parecer en más de una ocasión.

–Me gustaría asesinar a quien haya divulgado ese rumor –murmuró Jessica en tono sombrío.

¿Quién podría odiarla hasta el punto de hacerle una cosa tan horrible?

De pronto Jessica recordó el extraño comportamiento de su hermana durante aquella tarde. Elisabet había dicho que Winston sería un rey fantástico para alguna chica afortunada. ¿Quién sino su gemela la envidiaba lo suficiente para apuñalarla por la espalda? Siempre supo que Elisabet tenía celos de ella. «¿Y por qué no? Yo soy mil veces más popular», se dijo.

Jessica estaba al borde de las lágrimas cuando Elisabet se acercó a ella junto a la mesa de los refrescos con una sonrisa.

–Enhorabuena, hermanita –le dijo–. No pareces muy contenta.

–¿Cómo has podido hacerme una cosa tan horrible? –siseó Jessica mientras sus ojos despedían chispas de fuego verde.

–No tengo la menor idea de lo que estás hablando –repuso Elisabet, sonriendo con dulzura–. ¿Quieres un poco de ponche, Jessica?

–¡Lo que quisiera es *romperte la cara*! No te hagas la inocente conmigo. Sabes muy bien de que te hablo. Tú eres la que divulgó el rumor de lo de Winston y yo, y por eso todo el mundo le ha votado. ¡No te atrevas a negarlo!

–Está bien, no lo niego. Yo hice circular ese rumor. –Elisabet la miró desafiante.

–¿Cómo has podido, Lisa? ¡Prácticamente has arruinado mi vida!

–¿Cómo tú intentaste arruinar la de Enid? ¿Es eso lo que quieres decir?

Parte del furor de Jessica se esfumó.

–No sé a qué te refieres.

–Oh, yo creo que lo sabes muy bien. Tú fuiste la que le dijo a Ronnie lo de las cartas. Tú te interpusiste a propósito entre Enid y Ronnie para tener el camino libre para ser elegida reina. Bueno, Jess, ya tienes lo que querías. ¿No estás satisfecha?

–¡No voy a aceptarlo! –rugió Jessica–. Nadie puede obligarme. No seré la pareja de ese estúpido Winston. ¡Renunciaré!

–No lo harás, Jess –le dijo Elisabet con calma.

–¿Qué quieres decir? ¡Tú no puedes decirme lo que he de hacer!

Jessica estaba tan furiosa que hubiera estrangulado a su hermana allí mismo. Pero al pensar que podría pasar el resto de su vida en la cárcel... lejos de Bruce... le impidió llevarlo a cabo.

–Vas a subir al estrado y aceptar esa corona como si fueras Miss América. –Elisabet hablaba en tono amenazador–. Y no sólo eso, vas a disfrutar de cada momento. O por lo menos, *lo fingirás*.

–¿Por qué? –preguntó Jessica con petulancia. No quería admitirlo pero en las raras ocasiones en que Elisabet se enfadaba con ella y se lo decía, obtenía el efecto deseado de hacerle bajar los humos.

–Porque si no lo haces... –Elisabet se acercó más para que no perdiera ni una de sus palabras–... le diré a todo el mundo lo que le hiciste a Enid.

Ahora Jessica estaba realmente asustada. En su profundo interior sabía que había hecho una cosa horrible. Ni siquiera Cara hubiese llegado tan lejos. ¿Qué diría la gente si lo supiera? ¿Qué pensaría Bruce?

Se tragó el sollozo que tenía en su garganta. Aunque Elisabet hubiese ganado aquel round, Jessica no estaba dispuesta a que su hermana creyese que le importaba.

–¡Como quieras! –replicó–. ¡Pero si crees que voy a hacer algo tan sucio como besar a ese tonto, será mejor que lo pienses dos veces!

Una sonrisa diabólica apareció en el rostro de Elisabet.

–Oye, Jess, no se me había ocurrido, pero no es mala idea. Ya sabes que tú puedes ser muy cariñosa cuando te lo propones. Estoy segura de que harás muy feliz a Winston.

–Oh, no... –Jessica comenzó a retroceder.

Elisabet avanzó ante ella paso a paso.

–Oh, sí.

–¡Lisa, no puedes hacerme esto! Piensa en mi reputación. ¡La destrozarás!

–No lo creo, Jess. ¿Quién sabe? Incluso puede que mejore.

–¡Lisa, por favor, ten compasión! ¡No puedes hacerle esto a tu propia hermana!

–Ponme a prueba. Deja que te recuerde, querida hermanita, que soy yo quien escribe «Ojos y Oídos» por si acaso quieres volverte atrás. ¡Puedo publicarlo todo en el periódico!

Jessica se dejó caer en la silla más próxima derrotada temporalmente. Por encima de las cabezas de las parejas que bailaban, vio a Winston que, con una gran sonrisa en su rostro, avanzaba hacia ella.

Lanzó un gemido deseando que la tierra se la tragara en aquel preciso instante.

El redoble del tambor de Emily Mayer anunció que los fotógrafos habían preparado su equipo y, a continuación, iba a tener lugar la coronación del rey y la reina.

Jessica se acercó al estrado como si la fueran a decapitar. ¡Era tan injusto! ¿Por qué no podía ser Enid la pareja de Winston? Claro que ella sabía perfectamente porqué, pero eso no le impidió sentir una oleada de resentimiento.

Entretanto hacía tal esfuerzo para sonreír que le dolían los músculos de la cara. Bajo la mirada vigilante de Elisabet subió el tramo de escalones que conducían al estrado. Winston se aproximó por el lado opuesto. Parecía un espantapájaros con una chaqueta tejana que le estaba demasiado corta. Sus huesudas muñecas asomaban por las mangas cuando la cogió de la mano.

La multitud les dedicó una gran ovación. Jessica hubiera querido que se abriera un agujero en el suelo para esconderse. Jamás se había sentido tan humillada.

–Enhorabuena, Jessica –murmuró Ronnie mientras le colocaba la diadema de bisutería sobre su cabeza–. Te lo mereces. Me alegra mucho, mucho, que hayas ganado.

–Lo mismo digo –expresó Winston y, al mismo tiempo, le pasó el brazo por los hombros.

Jessica hizo un esfuerzo por contener las lágrimas. Se suponía que aquel debía ser el momento más feliz de su vida.

Y lo hubiera sido si Bruce hubiera estado a su lado.

Contempló aquel mar de rostros que la miraban. Sólo uno parecía destacar con más claridad que los demás. Su mirada conectó con los ojos azules maliciosos de Bruce que parecían brillar con algún mensaje secreto dedicado únicamente a ella, aunque su brazo descansaba sobre los hombros de su pareja, una despampanante pelirroja de ojos verdes. Si sólo...

A Jessica la volvió a la realidad la cegadura luz de un flash, y pudo darse cuenta de que su hermana susurraba unas palabras al oído del fotógrafo.

De repente éste gritó:

–¿Qué tal un besito para la cámara, tortolitos?

Jessica se doblegó ante la inevitable humillación de tener que soportar el húmedo beso de Winston.

«Me las pagarás, Lisa», gruñó en su interior.

Lo último que vio de Bruce, desde el estrado, antes de que él se marchara con su pareja, fue su brazo perezoso alzado a modo de saludo burlesco mientras le gritaba:

–¡Adelante, Wakefield!

Jessica hubiera querido correr tras él, arrojarse a sus pies... *cualquier cosa*. Pero sabía que ya se había puesto bastante en ridículo aquella noche. Además, aún había una esperanza. A pesar de su desengaño, no quería abandonar la profunda convicción de que, algún día, de alguna manera, conseguiría a Bruce Patman.

Claro que eso exigiría un plan completamente nuevo, ya que éste había fallado tan estrepitosamente, pero ya se le ocurriría algo.

¿No se le ocurría siempre?

Sonriendo a través de sus lágrimas, Jessica permitió que un ansioso Winston, que no dejaba de tropezar en su nerviosismo, la bajara a la pista de baile. Ella cerró los ojos tratando de imaginar que él era Bruce... que ella flotaba en los fuertes brazos del chico que adoraba. Pero la visión desaparecía cada vez que los torpes pies de Winston pisaban los suyos.

En aquel momento, Bruce casi tropezó con ella cuando intentava esquivar los pies de Winston. Él le dirigió una cálida mirada que le transmitió una descarga eléctrica por su espina dorsal. Había una cierta invitación en su sonrisa y más que una chispa de interés en sus ojos azules tan atractivos. Parte de su tristeza desapareció. ¿Podría ser que...?

¿Podrá Jessica jugar con Bruce Patman y salir airosa? Averígualo leyendo el próximo número de Las Gemelas de Sweet Valley, Escuela Superior.

¿Quieres conseguir un *pin* de Sweet Valley?

Si conoces bien las aventuras de las gemelas Elisabet y Jessica Wakefield, te ofrecemos la oportunidad de conseguir un *pin* con el logotipo de la serie, contestando las preguntas que se encuentran al dorso de esta página en los ejemplares 1, 2, 3 y 4 de los libros *Las gemelas de Sweet Valley, Escuela Superior*.

Debes enviar la última página de cada uno de los libros 1, 2, 3 y 4 a **EDITORIAL MOLINO**, Apartado 25, 08080 Barcelona. Esta oferta es válida solamente hasta el 31 de diciembre de 1993.

Nombre: ....

Calle: ....

Población: ....

Código Postal: ....

Provincia: ....

Edad: ....

Recuerda: Hasta la fecha se han publicado 24 títulos de la serie *Las gemelas de Sweet Valley,* en que nos cuentan las andanzas de Elisabet y Jessica cuando asistían a la Escuela Media de Sweet Valley. Allí encontrarás las respuestas a las siguientes preguntas:

–Lila Fowler acusó a Nora Mercandy de haberle robado una pluma y no era cierto. ¿Por qué se la había entregado Lila a Nora?

....

–¿Qué vítor hicieron corear a Amy Sutton como prueba para conseguir ingresar en el equipo de animadoras de Sweet Valley?

....

–¿Qué profesión había tenido el abuelo de Nora Mercandy?

....